Le message des constructeurs de cathédrales

CHRISTIAN JACQ

Le juge d'Égypte :
1. La pyramide assassinée
2. La loi du désert
3. La justice du vizir
Ramsès :
1. Le fils de la lumière
2. Le temple des millions d'années
3. La bataille de Kadesh
4. La dame d'Abou Simbel
5. Sous l'acacia d'Occident
La Reine-Soleil
Le Pharaon noir

Christian Jacq

Le message des constructeurs de cathédrales

Éditions J'ai lu

A mon maître François BRUNIER,
qui fut à l'origine de cette recherche
et en découvrit les principes essentiels.

AVANT-PROPOS

Un homme, qui déambulait dans les rues de sa ville, passa devant le chantier de sa cathédrale en construction. Trois ouvriers étaient en train de ranger leurs outils. Intrigué depuis longtemps par ces constructeurs dont il ne savait pas grand-chose, il les observa. Puis il s'approcha et osa poser la question qui lui brûlait les lèvres.

– A quoi es-tu occupé?

– A gagner ma vie, répondit le premier.

– Et toi?

– A tailler la pierre, répondit le second.

– Et toi?

– A bâtir une cathédrale, répondit l'artisan initié.

L'homme qui posa les questions comprit qu'il avait en face de lui trois êtres très différents. Le premier assurait sa subsistance et ne prêtait pas attention au monde des symboles où, pourtant, il passait sa journée. Le second était un bon technicien qui ne s'interrogeait pas sur la signification de l'Œuvre, mais y participait avec toutes les vertus de sa conscience professionnelle.

Le troisième était sans doute un futur Maître d'Œuvre qui axait sa vie sur le « Pourquoi? » et non sur le « Comment? ». Sur l'épure, il discernait les lignes du chef-d'œuvre. Sur le chantier, au cœur de la matière, il voyait déjà la cathédrale se dressant vers le ciel.

Notre homme remarqua le sourire de l'initié. Cela, il s'en doutait depuis longtemps. Cet homme-là portait la sérénité en lui. Le questionneur eut le désir de devenir, lui aussi, Maître d'Œuvre.

★

En 1974 paraissait *le Message des bâtisseurs de cathédrales* (1). Ce livre, devenu introuvable, posait une question qui, aujourd'hui, nous semble toujours aussi fondamentale : Quel est le message des cathédrales et des églises qui jalonnent l'itinéraire du voyageur du XXe siècle? Pourquoi ces édifices et leurs sculptures nous attirent-ils de manière aussi profonde, pourquoi des communautés de bâtisseurs et de sculpteurs ont-elles consacré leur vie à graver dans la pierre des signes qui sont toujours sur notre route? Que signifient ces signes, ces appels, ces symboles?

Le présent ouvrage est un développement des idées et des éléments de réponse que nous avions présentés dans notre livre précédent. Nous espérons être plus clairs encore, plus proches de chacun afin de faire percevoir le mieux possible un message qui nous paraît essentiel pour l'accomplissement de l'homme d'aujourd'hui.

Il est de bon ton, dans certains milieux intellectuels, de se défier du terme « message » et d'affirmer avec une moue dédaigneuse que la vie n'a pas de sens. Ces intellectuels-là, en vérité, n'ont probablement pas grand-chose à dire.

Au lieu de nous encombrer d'une série de faux problèmes provenant des innombrables déviations de l'intellectualisme contemporain, puisons à notre source, à une source de vie. La cathédrale n'est pas un produit d'intellectuels desséchés, minés de l'intérieur par des théories et par des dogmes, mais une création authentique, née du mariage de l'esprit et de la main.

Ne craignons pas, à l'aube du XXIe siècle, de le dire sans détours : oui, temples antiques et cathédrales

(1) Christian Jacq et François Brunier, *le Message des bâtisseurs de cathédrales*, Editions Plon, 1974.

médiévales, pour ne parler que des sujets qui nous sont familiers, ont quelque chose de très important à nous révéler, bien au delà des religions et des croyances. Oui, ces édifices portent dans leurs pierres vivantes des mystères qui nous concernent, puisqu'ils touchent à l'essence même de la vie en esprit, donc de notre vie intérieure, à condition qu'elle soit correctement construite à l'aide des outils du Maître d'Œuvre.

Notre souhait le plus cher est que ce livre soit le lieu d'un dialogue. Dialogue entre une expérience vécue et le lecteur, dialogue entre l'information que nous avons le devoir de procurer et le désir de percevoir de celui qui nous fait l'honneur de parcourir ces pages. Plus encore, dialogue direct entre les sculptures symboliques et le voyageur à qui nous aurons peut-être donné quelques provisions pour la route et l'envie d'aller le plus loin possible.

François Brunier, à qui nous devons tant, a quitté ce monde-ci. Avec le temps, on saura que ce chercheur exceptionnel, dont la pensée est encore mal connue, est à l'origine du renouveau des études symboliques. Il fut, dans de multiples domaines, un authentique Maître d'Œuvre. Ce n'est pas un hasard s'il s'est attaché à faire revivre le message de ses Frères du Moyen Age.

Nous pensons que la vie des Maîtres d'Œuvre est toujours présente en nous, que le seul véritable enjeu de notre existence terrestre est d'éveiller cette maîtrise, de bâtir ce chef-d'œuvre qu'est « l'Homme réalisé ».

Une petite pierre offerte à l'édifice : tel fut notre but en écrivant ce livre.

PREMIÈRE PARTIE

QUAND LA LUMIÈRE FUT

L'Œuvre et le temps ont beau être passés, l'esprit dans lequel les œuvres ont été opérées continue à vivre.

Maître Eckhart (vers 1260-vers 1328) (1).

(1) Né dans une famille de chevaliers, Maître Eckhart, l'un des plus grands écrivains du Moyen Age, composa des sermons et des traités dont la richesse symbolique est inépuisable. La connaissance de son œuvre est indispensable pour la compréhension de l'art médiéval, bien qu'elle ait été à peu près totalement négligée par ceux qu'il est convenu de nommer « les historiens de l'art ».

1

DU TEMPS DES PYRAMIDES AU TEMPS DES CATHÉDRALES

« Il naquit avant les siècles, le Fils de Dieu invisible et infini. »

Nokter de Saint-Gall.

Partir à l'aventure

Dans ce monde que l'on croit connaître, il reste encore de grands voyages à faire. Notamment dans l'Europe des cathédrales et des églises du Moyen Age.

Pendant plusieurs années, nous sommes partis à la découverte du langage de ces édifices. Un langage en forme de sculptures, de chapiteaux, de modillons, de gargouilles, de miséricordes de stalles, de boiseries : bref, un langage symbolique qui anime de l'intérieur la matière travaillée par des artisans connaissants.

Personne ne conteste la puissante originalité de l'art médiéval et de ses créations. Sauf, sans doute, le génie du Moyen Age lui-même qui désirait transmettre une sagesse et non une originalité.

Si cet art nous parle aujourd'hui de manière magique, c'est parce qu'il est la traduction d'une pensée symbolique. Une pensée dont nous avons perdu les clefs, du moins le croyons-nous, mais dont nous ressentons l'importance vitale malgré les périodes d'obscurantisme qui ont succédé à la fermeture des grands chantiers de cathédrales.

Il y a un Moyen Age inconnu ou, plutôt, un Moyen Age de l'inconnu. C'est celui-là qui vaut la peine d'être regardé de plus près, car cet inconnu est en nous-même, il est la clef de notre sérénité et de notre équilibre.

Les sculptures médiévales ont une signification et donnent un sens. Elles offrent sans compter, sans calculer. Surtout, leur message ne date pas d'hier et ne datera jamais d'hier, car le Moyen Age du symbole n'est pas le moyen âge du temps.

Le moyen âge n'existe pas

S'il est un terme gênant dans l'histoire de la culture européenne, c'est bien celui de « moyen âge », d' « âge moyen ». Moyen entre deux des plus sombres périodes de l'histoire, la décadence de l'Empire romain et la si mal nommée « Renaissance ». Ce sont plutôt ces âges-là que l'on aurait dû nommer « moyens ».

Ce qu'il faut bien continuer à appeler « Moyen Age » pour nous comprendre suscite de nos jours un vaste courant de recherches. De nombreux érudits ont découpé le Moyen Age en tranches, qui pour scruter l'histoire, qui les institutions, qui les phénomènes de société, etc.

On connaît beaucoup de détails sur l'histoire des églises, sur les formes architecturales, sur le style des sculptures. Des écoles d'interprétation s'entre-déchirent pour savoir quel atelier provincial a prédominé à telle époque, on recherche l'influence exacte de l'Eglise, etc.

Tout cela contribue à reconstituer un Moyen Age à notre image, fortement dosé de politique et d'économie, les deux seules vertus théologales actuelles dont le Moyen Age ne faisait pas des valeurs premières. Cette reconstitution, bien entendu, omet d'insister sur les questions premières, à notre avis : que désiraient transmettre les hommes qui ont créé la civilisation des cathédrales et pourquoi ont-ils agi ainsi?

Le Moyen Age aujourd'hui

Les cathédrales sont présentes sur la terre d'Occident. Présentes, car elles rendent véritablement actuelle la vie spirituelle des hommes qui les ont construites. Présentes, car nous entrons en elles pour dialoguer avec leur être symbolique, avec « quelque chose » qui est plus que nous-même et qui, pourtant, est au cœur de nous-même.

Des yeux pour voir, des oreilles pour entendre : voilà des « instruments » nécessaires pour ne pas être des visiteurs d'édifices muets, mais des « hommes de cathédrale », des questionneurs inlassables, assoiffés de Connaissance.

Le Moyen Age des cathédrales est actuel, car il est réel. Quoi de plus réel, en effet, que cette volonté de vivre l'esprit, superbement incarnée dans la pierre? A elle seule, cette constatation justifie une démarche vers le message sculpté dans la pierre ou dans le bois.

L'Eternelle Sagesse

L'art du Moyen Age n'est pas une génération spontanée. Il est né de la communion d'une tradition symbolique avec la volonté de créer des communautés de bâtisseurs.

Cette volonté est indissociable de ce que les penseurs médiévaux nommaient l'« Eternelle Sagesse ». Quand Nokter de Saint-Gall écrit : « Il naquit avant les siècles, le Fils de Dieu invisible et infini », il donne à la culture symbolique sa véritable dimension, au delà de l'histoire, au delà du temps.

L'aventure médiévale n'est pas enfermée dans une époque condamnée à l'oubli parce qu'elle est nourrie, dans ses créations artistiques, de cette « Eternelle Sagesse ».

Oloron-Sainte-Marie, église Sainte-Croix.
Au centre, l'évêque Maître d'Œuvre serre fraternellement la main d'un Compagnon tout en révélant le plan du temple, tandis qu'un second Compagnon apporte la pierre fondamentale de l'édifice.

Vivre la sagesse du Moyen Age, c'est éviter tout esprit de compétition avec notre époque. Les conditions matérielles, économiques et sociales ont changé, parfois en bien, parfois en mal. Du Xe au XVe siècle, et surtout aux XIe et XIIe siècles, il s'est produit un moment de civilisation suffisamment exceptionnel pour que les pierres se mettent à parler, à dire la Sagesse. Aussi le moyen âge matériel n'a-t-il qu'une importance très secondaire par rapport à la puissance intérieure qui anima les bâtisseurs. Ces derniers ont tenté une aventure dont les prolongements ne sont autres que leurs œuvres.

En contemplant les temples véritables que sont les cathédrales ou des sculptures symboliques comme un phénix, un dragon ou un chevalier, nous entrons, tel l'artisan qui les a façonnées de sa main, dans le présent éternel de la conscience. Sculpture vivante, pierre vivante, regard qui commence à vivre grâce à elles.

Ce présent plonge ses racines dans une tradition symbolique qu'il nous faut à présent éclaircir davantage.

L'énigme des symboles médiévaux

L'érudit le plus savant comme le visiteur le moins averti voient, dès qu'ils se trouvent face à l'univers sculpté des cathédrales, que le système rationnel et analytique est largement battu en brèche. Partout, des figures étranges, célestes ou diaboliques.

Des théoriciens, des philosophes et des historiens ont tenté de gommer tout cela, de nous isoler de cette source en rejetant le Moyen Age des symboles dans la zone de « l'inconscient collectif », des délires de l'imagination. Il fallait montrer à tout prix, sans souci de rigueur scientifique, que les symboles et l'initiation des bâtisseurs de cathédrales faisaient partie de la « mentalité archaïque » et se trouvaient dépassés par le fameux « sens de l'histoire ».

Malheureusement, tous les « sens de l'histoire » connus et leurs dialectiques diverses n'ont produit que de sinistres bâtiments administratifs et des camps de prisonniers. L'initiation et les symboles formèrent des hommes aptes à construire Chartres, Strasbourg, Amiens et à donner la lumière à ceux qui cherchent à percevoir le sens de la vie.

En un instant, la vision d'un chapiteau de Vézelay, d'une tour de la cathédrale de Laon nous emplit d'une certitude encore informulée, mais indestructible : c'est bien ce livre des symboles qu'il nous faut déchiffrer pour pénétrer à notre tour sur le chantier de la cathédrale à construire.

On a employé un argument plus vicieux pour dévaloriser la symbolique du Moyen Age dans notre esprit. Oui, a-t-on reconnu, il y a bien des choses étranges et inexplicables dans les sculptures de cette époque, mais ce sont des produits de la « fantaisie populaire ». Il ne s'agirait, en définitive, que de l'expression de tendances vulgaires, aboutissant à un art naïf et folklorique.

L'art des bâtisseurs n'est ni naïf ni folklorique. Ils avaient à lutter avec les éléments, avec le quotidien pour réussir, par l'œuvre accomplie, à mettre l'homme en harmonie avec l'univers. Déjà Aristote, pourtant peu suspect de sympathie pour les confréries initiatiques, notait que les traditions les plus quotidiennes, répondant à des rites et à des rythmes, étaient les formes les plus élémentaires de l'Eternelle Sagesse dont nous avons parlé plus haut.

Il n'y a pas de folklore sur les chapiteaux du Moyen Age, ni de « petits » et de « grands » sujets. C'est l'ensemble que nous devons prendre en considération. Le bateleur et son ours, par exemple, n'est pas seulement une « scène de genre », une amusette qu'un sculpteur a pris plaisir à représenter pour distraire la galerie. Si la corde enserre le cou de l'ours, dont on sait qu'il est presque impossible à dompter, c'est que l'instinct le plus grossier, sans subir d'anéantissement, doit être contrôlé. A nous de devenir le maître de l'ours, le bateleur qui pourra jouer avec la bête sans se laisser dévorer.

Des pyramides aux cathédrales

Estimer qu'une seule civilisation aurait eu le privilège de détenir la Sagesse conduirait à un dogmatisme sclérosant. La Sagesse fut exprimée sous des formes diverses pendant plusieurs périodes civilisatrices et en des lieux différents. Que l'on songe, par exemple, à l'ancienne Chine, à l'Inde des Veda, aux civilisations des Indiens d'Amérique du Nord.

Selon l'enseignement des Anciens, la Lumière *est* en tout lieu et en tout temps. La difficulté, pour les communautés humaines, consiste à la faire exister, à la manifester.

Aussi, pour mieux percevoir cette Lumière qui nous est aussi nécessaire que celle du soleil, avons-nous intérêt à concentrer notre attention sur des moments où elle rayonne avec force et majesté, comme le Moyen Age des cathédrales.

Ce Moyen Age n'est pas un point isolé dans la tradition symbolique de l'Occident, il ne s'explique pas que par lui-même. Il trouva une composante fondamentale de son inspiration dans les cultures du bassin méditerranéen et, tout naturellement, dans la civilisation mère de la pensée symbolique occidentale, l'Egypte pharaonique.

Chaque jour davantage, en effet, on s'aperçoit que la Grèce et Rome, qui occupaient en totalité la scène des « humanités », ont eu une influence bien moindre qu'on ne l'affirmait. L'immense Egypte, ses quatre millénaires de durée, son rôle de centre du monde et ses prodigieuses facultés de création nous permettront de comprendre nombre d'éléments de la symbolique médiévale.

Quand saint Augustin écrit : « Cette chose même que l'on appelle maintenant religion chrétienne existait déjà et, parmi les Anciens, elle n'a jamais manqué depuis les origines de la race humaine », il émet un jugement tout à fait extraordinaire. Augustin, dignitaire chrétien très écouté, parfaitement informé des influences gnostiques et ésotériques formant le cœur du christianisme primitif trahi par Rome, voulait ainsi légitimer la nouvelle forme religieuse qu'il défendait. Le plus simple était d'englober les autres religions, et principalement l'égyptienne aux innombrables ramifications, dans le christianisme.

Mais Augustin montrait aussi que le caractère temporel de la nouvelle religion chrétienne n'avait que bien peu d'importance. L'essentiel, c'était le contenu. Et, sur ce point, la religion des pharaons fournissait un nombre considérable de modèles et d'archétypes aux symboles chrétiens.

En étudiant l'arrière-fond symbolique de l'époque

médiévale et ses origines, nous verrons que l'*Imago mundi*, « l'image du monde » des Maîtres d'Œuvre, est à la fois fidèle aux traditions antiques et profondément originale.

Lumières du Moyen-Orient et autres sources d'inspiration

« Le Moyen Age, tout le Moyen Age – car il n'y a pas lieu de faire en ce domaine une discrimination selon les siècles ou les demi-siècles – est dominé par la foi chrétienne... or cette foi judéo-chrétienne lui est venue, comme l'apport antique, de l'Orient. Elle n'est point indigène, elle n'est point née sur notre sol et, cependant, elle en subira l'influence. »

Cette analyse de Gustave Cohen, dans son livre intitulé *la Grande Clarté du Moyen Age*, résume l'opinion des médiévistes qui ont été obligés de reconnaître l'origine « orientale », ou, plus exactement, moyen-orientale, de thèmes iconographiques et littéraires présents dans la civilisation médiévale.

« Si les philosophes ont émis par hasard des vérités utiles à notre foi, non seulement il ne faut pas craindre ces vérités, mais nous devons les arracher pour notre usage à ces illégitimes détenteurs » : cette pensée militante est due à saint Augustin. Les Pères de l'Eglise, conscients des richesses appartenant aux communautés religieuses plus anciennes que la chrétienté, ne souhaitaient pas du tout les abandonner.

Même des fanatiques, comme Tertullien, notent avec effroi, mais notent quand même, ce que leur croyance doit aux Anciens : « Le diable imite même les traits principaux de nos divins mystères, il a fait appliquer au culte des idoles les rites mêmes que l'on emploie pour adorer le Christ. »

Plaisante mauvaise foi, en vérité! Mais reconnaissance obligatoire d'une évidence : le Christ est un homme du Moyen-Orient, son enseignement a été entendu en des lieux où se mêlaient les influences des grands empires de l'Antiquité non classique. Le Moyen-Orient est source de lumière, même pour les chrétiens. Les artisans du Moyen Age occidental sont nés au Moyen-Orient.

« Pour expliquer tel détail sur un chapiteau roussillonnais, sur une archivolte saintongeaise ou sur un médaillon normand, écrit avec justesse V.-H. Debidour, nous sommes renvoyés des fables d'Esope au livre de Jonas ou d'Ezéchiel, des miniatures irlandaises du VIIe siècle aux ivoires byzantins, des monnaies gallo-romaines aux étoffes sassanides, de l'art copte à l'art sumérien... Cette filiation directe des thèmes et des images par-delà les distances apparemment infranchissables du temps et de l'espace, la présence de l'aigle de Ganymède sur un chapiteau de Vézelay, les souvenirs du sphinx égyptien, d'Oannès, le dieu-poisson de la Chaldée... ont quelque chose de bouleversant lorsqu'on les découvre jusque dans les villages les plus retirés de la campagne française. »

Depuis longtemps, on sait que les productions des arts dits « mineurs », notamment des étoffes, furent des modes de transmission de la symbolique moyen-orientale vers l'Occident. Le médiéviste Emile Mâle a démontré que la connaissance de ces objets avait inspiré les imagiers du Moyen Age en leur procurant un répertoire iconographique stable.

L'Irlande fut un lieu de passage particulièrement important pour l'ancien répertoire symbolique. Animaux fantastiques, formes géométriques telles que les svastikas, roues cosmiques sont présentes sur les stèles et les croix irlandaises. L'iconographie de la cathédrale de Bayeux et le style de ses sculptures sont un bon exemple du mariage qui s'opéra entre l'ancien art irlandais, pétri de traditions moyen-orientales, et le vieux fonds celtique.

La culture suméro-babylonienne fit au Moyen Age d'importants présents symboliques. Songeons, par exemple, à la description du Paradis, au thème du

Déluge qui met fin au gouvernement des impurs pour remettre le juste à sa vraie place, à la tour de Babel. Dans ce dernier cas, il est clair qu'une religion dogmatique s'oppose au projet des bâtisseurs de temples.

Evoquons aussi l'unicorne babylonien qui devint la licorne dans les Bestiaires du Moyen Age, symbole de la pureté de l'être envers et contre tout; les griffons, les lions ou les oiseaux affrontés, donnant une image de la dualité que l'homme, en tant que troisième terme, doit maîtriser; le thème de Daniel entre les lions, qui exprime précisément l'idée que nous venons d'évoquer et qui est la traduction médiévale de l'initié sumérien debout entre deux fauves renversés.

Baltrusaitis, spécialiste des relations entre Sumer et le Moyen Age, a noté de multiples détails passionnants. Par exemple, il rapproche une clef de voûte de Notre-Dame-en-Vaux (Châlons-sur-Marne), composée de trois « monstres » (quadrupèdes et oiseaux) qui forment une roue d'un motif connu sur des plaques scythes et des fibules dites « barbares ». Ces bêtes qui se poursuivent pour former une roue qui tourne sans fin sont une expression élémentaire d'un zodiaque, c'est-à-dire d'une roue de la vie.

Byzance fut aussi un foyer de transmission non négligeable. L'empire byzantin, mi-asiatique, mi-européen, se présentait comme un carrefour d'idées et de courants artistiques. Rappelons que la cour de Charlemagne, qui se posait en rivale de la cour de Byzance, en a surtout subi l'influence et tenta de l'imiter.

Avide de références antiques, l'empereur Charlemagne se faisait d'ailleurs appeler David, alors qu'Homère était le nom de cour d'Angilbert. Il ne s'agissait pas là d'un jeu intellectuel ou d'une prétention naïve, mais d'une volonté d'inclure l'empire dans une « chaîne traditionnelle », de le poser comme continuateur de la véritable culture, celle des symboles.

Pour prendre un exemple précis de transmission iconographique, évoquons la représentation byzantine du mont des Oliviers que l'on retrouve à la fois dans le carnet de dessins du Maître d'Œuvre Villard de Honnecourt et dans les figures du « Jardin des Délices », composé sous la direction de l'abbesse Herrade de Landsberg. Communauté de bâtisseurs, communauté monacale : même réceptivité à la transmission de l'art symbolique.

Voyages ou communion d'esprit?

Il est certain que, lorsque des communautés d'artisans initiés recherchent l'expression matérielle la plus parfaite pour rendre compte d'un symbole, ils découvrent une iconographie semblable ou, du moins, comparable. Le même phénomène est bien connu dans la science contemporaine, où il n'est pas rare que deux ou plusieurs chercheurs, en des endroits différents du globe, arrivent à peu près en même temps à un même résultat.

Il s'agit là d'une « transmission » innée en l'homme. A travail initiatique correctement mené dans une communauté opérative, artisanale ou monacale, création artistique similaire, qu'elle se nomme temple ou cathédrale.

On ne doit pas oublier, cependant, que les médiévaux voyagèrent beaucoup, notamment en direction du Moyen-Orient. Bâtisseurs, savants, ecclésiastiques cherchèrent très tôt à nouer des contacts avec d'autres cultures. En 333, un Aquitain anonyme rédige un itinéraire de Bordeaux à Jérusalem, « guide » parmi d'autres pour aller vers les Lieux Saints.

En 765, Pépin le Bref envoie au calife Al-Mansour une ambassade. Trois ans plus tard, elle revient en Europe avec des dignitaires arabes qui seront reçus par le roi, à Selles-sur-Cher.

Charlemagne en personne, d'après la légende, serait allé en Terre sainte. Là-bas, il avait découvert des reliques. Les faisant venir d'Orient, il les distribua aux églises. Au début du VIIIe siècle, beaucoup d'objets de provenance orientale arrivaient par le port de Fos; au début du IXe siècle, Arles était un grand entrepôt pour ces objets, étoffes, pièces de métal précieux, perles, etc.

En 869, une lettre de Théodose, patriarche de Jérusalem, loue la bienveillance des Arabes envers les chrétiens d'Orient. Les musulmans leur permettent de construire des églises, de pratiquer leur foi et de vivre en paix.

La fondation du royaume chrétien de Jérusalem et des Etats latins de Syrie liera encore de façon plus étroite Europe et Moyen-Orient. Au début du XIIe siècle, un moine architecte du nom de Jean se rend en Palestine. Avec des maîtres locaux, il travaille l'architecture et la symbolique. De retour en France, il travaille cette fois avec Hildebert de Lavardin, évêque du Mans, et dirige l'édification de la cathédrale.

Le cas de ce Maître d'Œuvre n'est pas unique. On alla plus loin encore : au XIIe siècle, un abbé de Cluny, Pierre le Vénérable, convoque une équipe de savants pour établir une traduction du Coran. Sous prétexte de connaître la pensée des infidèles, on avait ainsi un accès direct à une autre formulation religieuse. Saint Louis sut se ménager des entretiens avec son ennemi politique, le cheikh Al-Jabal, qui était à la tête des Ismaéliens.

Au XIIIe siècle, la ville de Montpellier fut un centre essentiel de trafic; marchands musulmans et chrétiens y venaient en grand nombre, ainsi que des voyageurs de tout le Proche-Orient.

Les Templiers, grands voyageurs, surent utiliser le code d'honneur et les rites de la chevalerie pour maintenir des contacts étroits avec le monde musulman qu'il fallait théoriquement combattre.

Un personnage symbolise à merveille ce foisonnement de contacts : le Prêtre Jean, mystérieux souverain d'Ethiopie et de Nubie, qui régnait sur une confrérie hermétique d'origine égypto-chrétienne, les

Nestoriens. Il était considéré comme le prince le plus riche du monde, sans doute parce qu'il avait les clefs des traditions symboliques. L'apôtre Thomas, saint patron des Maîtres d'Œuvre, était allé jusqu'au royaume du Prêtre Jean pour lui construire son palais selon les règles de l'équerre et du compas.

L'empereur Manuel Commène, au XIIe siècle, reçut une lettre signée du Prêtre Jean. Frédéric Barberousse reçut la même missive, rédigée en latin. Autrement dit, les puissants de ce monde donnaient au Prêtre Jean une existence officielle, affirmant que la Lumière venait bien de l'Orient.

Le sceau du Prêtre Jean n'avait-il pas une profonde signification symbolique? On y voyait la main de Dieu entourée par le cercle des étoiles. N'était-ce pas une invitation au voyage dans le cosmos intérieur, à la recherche d'une action fondée sur un modèle divin?

Orient géographique, orient du symbole : l'esprit du Moyen Age ne s'encombrait pas de trop de précisions. La géographie qui comptait était celle de l'âme. On décrivait des pays mythiques, des peuples extraordinaires qui incarnaient des vertus ou des vices, des animaux fabuleux qui servaient de support à une méditation.

Dans leurs lointains périples, des voyageurs comme Odoric de Porderone ou Jean de Mandeville redécouvraient l'expérience vécue par les grands sages, Pythagore ou Platon, par exemple, qui étaient partis chercher les secrets de l'initiation. Les chemins du corps importaient moins que ceux de l'esprit.

« Dépouiller les Egyptiens de leurs trésors »

« On ne passe des ténèbres de l'ignorance à la lumière de la science, affirmait Pierre de Blois, que si l'on relit avec un amour toujours plus vif les œuvres des Anciens. Qu'aboient les chiens, que grognent les porcs! Je n'en resterai pas moins le sectateur des

Anciens. Pour eux seront tous mes soins, et l'aube, chaque jour, me trouvera à les étudier. »

Parmi ces Anciens que le Moyen Age appréciait tant, Aristote, Platon, les écrits hermétiques, Virgile et tant d'autres. Le Moyen Age avait conscience de son héritage.

La « culture », au sens moderne du mot, ne l'intéressait pas. Savoir pour pouvoir briller dans un salon n'était pas le but des chercheurs du Moyen Age. Si les connaissances symboliques des Maîtres d'Œuvre étaient immenses, si les moines bâtisseurs étudiaient en profondeur les traditions sacrées, c'était pour une raison précise que Bernard de Chartres explique en ces termes aussi poétiques que clairs :

« Nous sommes, disait-il, des nains juchés sur les épaules des géants. Nous voyons ainsi davantage et plus loin qu'eux, non parce que notre vue est plus aiguë ou notre taille plus haute, mais parce qu'ils nous portent en l'air et nous élèvent de toute leur hauteur gigantesque. »

Les géants, ce sont les symboles légués par les Anciens, à partir desquels on peut entreprendre une création véritable. Le Moyen Age sait être humble en reconnaissant ses Pères; il sait aussi être orgueilleux en trouvant son propre génie.

Plus précisément encore, les médiévaux savent d'où vient la tradition symbolique qui les nourrit quotidiennement, dans leur pensée la plus élevée comme dans leurs expressions artistiques.

« Que personne ne s'émeuve, déclare Daniel de Morley, si, traitant de la création du monde, j'invoque le témoignage, non des Pères de l'Eglise, mais des philosophes païens car, bien que ceux-ci ne figurent pas parmi les fidèles, certaines de leurs paroles, du moment qu'elles sont pleines de foi, doivent être incorporées à notre enseignement. Nous aussi qui avons été mystiquement libérés de l'Egypte, le Seigneur nous a ordonné de dépouiller les Egyptiens de leurs trésors pour en enrichir les Hébreux.

« Dépouillons donc conformément au commandement du Seigneur et avec son aide les philosophes païens de leur Sagesse et de leur éloquence, dépouillons ces infidèles de façon à nous enrichir de leurs dépouilles dans la fidélité. »

« Dépouiller les Egyptiens de leurs trésors », s'enrichir des richesses des infidèles dans la fidélité : admirable perspective offerte par Daniel de Morley, qui respecte ses origines sans passivité, qui continue à faire vivre en faisant fructifier ce qui lui a été donné.

Les Egyptiens sont partout

C'est l'écrivain Grégoire de Tours qui utilisa le terme vague de « Syriens » pour évoquer les nombreux Orientaux qui s'étaient installés dans les villes françaises. En 394, les Actes du Concile de Nîmes faisaient mention de « ceux qui, en grand nombre, étaient venus des parties les plus reculées de l'Orient ».

Au VIe siècle, ces « Syriens » formaient une minorité bien implantée, par exemple à Paris ou à Orléans. « Les Syriens sont partout! », s'exclamait déjà saint Jérôme qui mourut en 420. On nous pardonnera d'avoir modifié les paroles du saint en disant « Egyptiens » au lieu de « Syriens », étant donné les divers points de détail que nous allons maintenant évoquer.

Bijoux, manuscrits, ivoires provinrent en quantité non négligeable de l'Egypte copte, véhiculant ainsi des expressions bien plus anciennes. Notons au passage cette infime précision, pourtant caractéristique : sur les papyrus égyptiens, on dessinait à l'encre rouge les premiers hiéroglyphes d'un chapitre. Même pratique dans les ouvrages liturgiques des chrétiens dont on connaît les « rubriques », c'est-à-dire « les rouges ».

Les relations entre l'Egypte et l'Europe sont prouvées à partir de 2000 avant Jésus-Christ; ce n'est là qu'une approximation qui sera très certainement reculée.

Vers l'an 1000 après Jésus-Christ, période essentielle pour le développement de l'art médiéval, les écoles cléricales allemandes entretiennent des rapports étroits avec des artisans égypto-byzantins. La main et l'esprit s'associent, les traditions se marient.

Le rôle des moines

En parlant des moines du Mont-Dieu, Guillaume de Saint-Thierry, un cistercien, déclare : « Ils apportent dans les ténèbres de l'Occident la lumière de l'Orient et, dans les froideurs des cellules, la ferveur religieuse de l'ancienne Egypte. »

On ne saurait être plus clair. Les monastères et leurs écoles jouèrent un rôle fondamental dans la formation des Maîtres d'Œuvre et de leur conscience du symbole.

Or, ces monastères avaient créé des règles de vie sur le modèle égyptien. Aux IVe-Ve siècles de notre ère, en effet, Rome n'est pas le modèle de la chrétienté : elle est considérée comme une capitale dépravée. Il suffira de citer saint Jérôme qui, dans une épître (Migne, *Patrologie latine*, XXII, 414) fait ce terrible portrait d'un prêtre romain :

« Dès l'aube, il est debout. Il se fait présenter sa liste de visites, étudie les raccourcis et se met en route à des heures indues. Il s'en faut de peu que l'indiscret vieillard ne pénètre dans les chambres à coucher. S'il voit un coussinet, une serviette ou n'importe quoi du mobilier, il loue, il admire et il l'extorque plutôt qu'il ne l'obtient... Partout on le rencontre, le regard rude et provocant, la bouche toujours prête à l'injure. »

Pour saint Bernard, Rome sera le lieu de la matière la plus vile. Pour Dante, la grande prostituée de l'Apocalypse. Non, ce n'est pas à Rome que les communautés dignes de ce nom peuvent trouver un modèle.

« Lérins, écrit saint Eucher au début du Vᵉ siècle, possède ces saints vieillards qui ont transporté dans nos Gaules les Pères de l'Egypte, en vivant comme eux. » A Lérins donc, à Arles, sous l'impulsion d'Honorat, à Marseille, sous celle de Cassien, et en d'autres lieux encore, on fonda des monastères conformes aux enseignements égyptiens.

Deux hommes, deux Egyptiens, sont à l'origine de ce vaste mouvement : Horseisis, dont le nom signifie « Horus, le fils d'Isis » et surtout Pacôme, à savoir « le prêtre du dieu Chem » ou « celui de Khnoum ». C'est à Tabennissi, en Egypte, que Pacôme fonda un ensemble comprenant une église, un monastère et des ateliers tandis que sa propre sœur agissait de même pour les femmes.

Ainsi naquirent l'Abbé et l'Abbesse. Quand Pacôme meurt en 346, la maison mère comprend environ trois mille membres. Au Vᵉ siècle, on comptera cinquante mille membres de cet ordre, égyptien d'origine. Dès 340, Athanase, le grand évêque d'Alexandrie, avait répandu le monachisme égyptien en Occident.

Le faux problème du paganisme

« Début de l'enseignement pour ouvrir l'esprit,
Instruire l'ignorant,
Et faire connaître tout ce qui existe,
Ce que Ptah (dieu des artisans) a créé,
Tout ce que Thot a transcrit,
Le ciel avec ses éléments,
La terre et son contenu,
Ce que crachent les montagnes,
Ce que charrie le flot,
Ce que la Lumière éclaire,
Tout ce qui pousse sur le dos de la terre... »

Les premières lignes de l'enseignement dû au sage égyptien du nom d'Aménémopé auraient pu être rédigées par un Maître d'Œuvre du Moyen Age. Même préoccupation, même sens de la vie, même mission à remplir.

Une analyse rapide et trop facilement acceptée consiste à opposer religion révélée à religion dite « païenne ». Elle est fruit de la dogmatique romaine, non de la vision profonde des hommes du Moyen Age. Pour eux, Dieu est en tout temps et en tout lieu. Les Anciens ont entendu sa voix; aussi doit-on prêter attention à la leur.

La matière première, synthèse de toutes les forces vitales, de la plus animale à la plus humaine : support du Grand Œuvre, qu'il soit alchimie ou cathédrale.

La religion païenne, au sens étymologique, est la religion des campagnes. C'est celle-là que la Rome administrative et juridique a tenté de détruire. En vain, car la chrétienté médiévale repose sur une société agricole où la nature joue le premier rôle.

L'art chrétien du Moyen Age est aussi un art païen. Lorsque le Maître d'Œuvre installe l'autel au cœur de la cathédrale, il sait fort bien que la pierre fondamentale ainsi posée résume tous les autels des Anciens qui l'ont précédée.

La preuve de cette conscience de la Tradition ésotérique nous est donnée par le rituel de consécration de l'autel. Quand le célébrant l'accomplit, il invoque Dieu et lui adresse une demande précise : que le Créateur bénisse la pierre de sacrifice qu'ont vénérée Abel, le roi-prêtre Melchisédech, Isaac, Jacob.

Ainsi les différentes expressions religieuses se trouvaient-elles rassemblées dans l'unité du culte, célébré à l'intérieur de la cathédrale.

L'Egypte, centre du monde

L'Egypte ne se situe pas en Afrique. Ou, du moins, pas seulement en Afrique. Si les influences du continent noir ne sont pas complètement négligeables dans l'élaboration de la civilisation égyptienne, il n'en reste pas moins que les Egyptiens sont des Sémites ou une race apparentée.

Au point de convergence entre le Moyen-Orient et l'Occident, l'Egypte fut, pendant un nombre considérable de siècles, le centre du monde et devint, très logiquement, le lieu géographique où se rencontrèrent les anciennes sagesses et le christianisme naissant.

Le Didascalée, première « grande école » de théologie chrétienne, naquit dans Alexandrie la Grande, si accueillante à des recherches spirituelles telles que l'hermétisme, le gnosticisme ou le manichéisme.

La mythologie gréco-romaine enregistra la spiritualité des pharaons et passa, chargée de ces significations très anciennes, dans la « mythologie » des penseurs médiévaux.

Pendant les premiers siècles de notre ère, fort troublés par des convulsions de société, ceux qui détenaient la Sagesse étaient loin, pour la plupart, de la direction des affaires de ce monde. Pour se tenir à l'abri des pouvoirs politiques et doctrinaux qui se succédaient, il fallait s'exprimer de manière hermétique, commencer à vivre selon le principe de « sociétés secrètes » à l'intérieur d'une société qui n'était plus une civilisation.

Au Moyen-Orient comme en Occident, des communautés prirent en charge l'héritage symbolique des Anciens et continuèrent à le transmettre. La gnose, fondement du christianisme primitif, était un cadre favorable à la préservation de l'ésotérisme, malgré l'hostilité d'évêques plus préoccupés de puissance personnelle que de Connaissance.

Curieusement, Alexandrie la Grecque, *Alexandria ad Aegyptum*, c'est-à-dire au bord, à la frange de l'Egypte, se souvint que les traditions pharaoniques étaient là, toutes proches. Rédaction et diffusion des Evangiles furent l'occasion, pour les sages d'Alexandrie, d'inclure dans ces textes nombre de symboles et de mythes égyptiens.

Le grand port de Basse-Egypte fut pour les chrétiens de toutes tendances un foyer culturel où toutes les expériences pouvaient être tentées. Cette attitude correspondait bien à l'esprit des Egyptiens, qui savaient accueillir les idées nouvelles tout en préservant les paroles des Anciens.

Le drame atroce que fut l'incendie de la très célèbre bibliothèque d'Alexandrie nous priva de témoignages écrits sans doute fort importants sur l'effervescence spirituelle de cette époque. Néanmoins, il est certain que l'antiquité gréco-romaine eut le plus grand respect pour la tradition égyptienne et considéra le pays des pharaons comme la terre de la Sagesse par excellence.

« Plus d'une des choses venues d'Egypte, dit Momus, sont des énigmes; quiconque n'y est pas initié ne doit pas en rire. » Plutarque, initié aux mystères égyptiens, nous met, lui aussi, en garde : « Si l'on prend ces choses à la lettre, sans se soucier d'en rechercher le sens élevé, que l'on crache et que l'on se rince la bouche. »

Les Grecs revêtirent les dieux égyptiens de dénominations hellènes et les intégrèrent dans leur mythologie; les Romains prirent à leur propre compte le même « appareil » symbolique auquel ils ne comprenaient plus grand-chose. Lorsqu'il se développa en Occident, le christianisme suivit la même voie, préservant ainsi des originaux égyptiens sous les voiles successifs apportés par le temps.

Ramsès II et saint Pierre

Certains groupements religieux résidant en Egypte refusèrent d'adopter la nouvelle forme religieuse du christianisme, voulant préserver ce qu'il est convenu d'appeler « paganisme ». Ils ne purent échapper à la dissolution, non sans que leur enseignement fût étudié et repris, au moins en partie, par l'Eglise officielle.

Pensée égyptienne et pensée chrétienne furent en contact sur le sol égyptien lui-même; on peut même dire qu'un aspect essentiel du christianisme est né en Egypte, donc au contact de l'ancienne civilisation qui n'avait pas encore complètement disparu.

N'oublions pas qu'en Egypte, comme en Europe, beaucoup d'églises n'étaient que des temples dont on avait changé le nom. Dans bien des cas, les nouveaux chrétiens célébraient leur culte là où les païens avaient célébré le leur.

Sur la terre des pharaons, des Egyptiens de pure souche devinrent chrétiens. En modifiant leur mentalité religieuse, ils n'abandonnaient pas pour autant la culture ancestrale dont ils étaient issus.

Pour situer par un cas exceptionnel les rapports entre l'Egypte et le christianisme, évoquons une scène du temple nubien de Ouadi es Sebouâ. Lorsque les chrétiens investirent le lieu, ils découvrirent les scènes classiques de l'iconographie sacrée des Egyptiens, comprenant notamment le dialogue du roi avec les dieux.

Ils firent disparaître tout cela sous des peintures en accord avec leur foi. Mais, le temps s'écoulant, une partie du badigeon a disparu. Et le spectateur a devant les yeux une scène incroyable qui a pour nous, malgré l'intervention du hasard, une signification symbolique : le pharaon Ramsès II, réapparu à la lumière, offre le bouquet rituel à saint Pierre!

Le gnosticisme égyptien

A l'origine, le christianisme n'est pas un « bloc » religieux cohérent. Il n'est pas encore rigide dans la formulation de sa foi et compte de nombreuses tendances en son sein.

Au cœur du christianisme primitif, il y a la Gnose, c'est-à-dire la Connaissance ou, plus exactement, le désir de Connaissance. Or, la Gnose est un mouvement égyptien, avec ses multiples branches, ses nombreux textes sacrés, ses diverses perceptions de la divinité qui ne veulent pas être réduites à une seule, à un *credo*, pour éviter le dogmatisme.

Parmi les thèmes gnostiques majeurs, il y a la Lumière divine. Celle-ci s'incarne dans la personne symbolique du Christ, beaucoup plus importante que le Jésus historique. Comment ne pas penser à une traduction gnostique de Rê, le dieu-soleil des Egyptiens, qui entretient l'énergie de l'univers?

Un mythe égyptien, connu selon plusieurs versions, raconte comment l'Œil du Soleil, sous l'empire d'une terrible colère, quitta l'astre du jour et s'enfuit au loin, dans le désert. Conséquence effrayante : le déséquilibre du monde, la fin certaine de l'humanité. Thot, le maître des hiéroglyphes, le saint patron de la science sacrée, fut chargé par le Créateur de calmer la colère de l'Œil, de transformer sa rage en amour. Le dieu à tête d'ibis réussit sa mission, ramena l'Œil en Egypte. L'ordre primordial fut ainsi restauré.

Les gnostiques mirent ce mythe en parallèle avec la rédemption de l'humanité, obtenue par le Sauveur. Rédemption de l'individu également, qui doit retrouver l'Œil manquant afin de restaurer un regard total, une vision du monde qui soit Amour. Non seulement un amour affectif, mais encore l'Amour qui naît de la Connaissance, par la vertu de l'enseignement de Thot.

Pharaon avait comme premier devoir de sacraliser la terre d'Egypte, d'en faire une terre céleste. Si la Gnose a insisté sur le caractère maléfique de la matière déviée par rapport à la Lumière, elle n'a pas oublié ce processus de sacralisation. Les Maîtres d'Œuvre du Moyen Age non plus, qui se souvenaient des paroles d'Hermès Trismégiste :

« Ignores-tu donc, disait-il à son disciple Asclépius, que l'Egypte est la copie du ciel ou, pour mieux dire, le lieu où se transfèrent et se projettent ici-bas toutes les opérations que gouvernent et mettent en œuvre les forces célestes? Bien plus, s'il faut dire tout le vrai, notre terre est le temple du monde entier. »

Selon une prophétie, les dieux reviendront un jour parmi nous. Ils ont déjà choisi le lieu où ils établiraient leur séjour : à la limite de l'Egypte, dans une cité fondée du côté où le soleil se couche. C'est vers cette cité que les hommes se dirigeront pour retrouver la Sagesse.

Les Juifs en Egypte

La tête de l'Egypte, le premier des « nomes » ou provinces, est située à Eléphantine. Là se trouve la source mythique du Nil, à la fois fleuve céleste et terrestre.

C'est à Eléphantine que s'était installée une colonie juive, qui ne se contentait pas de jouer un rôle économique, mais avait développé une forme religieuse originale, composée d'éléments hébraïques et égyptiens. Comme les Juifs avaient également une présence notable à Alexandrie, on s'aperçoit qu'ils fréquentaient les deux pôles extrêmes du pays des pharaons.

On comprend aisément que les Juifs qui firent le voyage d'Occident véhiculèrent avec eux des idées et des symboles qu'ils avaient pratiqués en Egypte.

L'égyptologue François Daumas, analysant les rites du mystère de la naissance divine en Egypte, constate : « ... les formes littéraires de la pensée égyptienne, pas plus que leur contenu, n'ont été ignorées du judaïsme tardif orthodoxe ou sectaire. Plus d'un trait témoigne par exemple que les Esséniens (1) du Khirbet Qumrân ou les auteurs, vivant en Egypte, des livres deutérocanoniques, connaissaient la littérature égyptienne ancienne ou contemporaine. »

L'un des personnages centraux de la pensée juive, Moïse, est lié d'une manière très étroite à l'Egypte. Le prêtre érudit Henri Cazelles est bien obligé de reconnaître que Moïse était un haut fonctionnaire de la cour égyptienne. N'avait-il pas, de plus, été élevé dans toute la sagesse des Egyptiens, d'après les Actes des Apôtres?

On sait que certains courants de pensée hébraïque,

(1) Secte juive dont le Christ fut très probablement l'un des Maîtres et dont il dévoila une partie des mystères dans son enseignement oral.

abusant d'une surprenante vanité, affirmèrent que les meilleures intuitions de la religion égyptienne leur étaient dues. C'est ainsi que Moïse fut parfois présenté comme le créateur et le maître de l'alphabet sacré, à la place de Thot!

L'Egypte et la Bible

La Bible fut un livre de référence pour les imagiers du Moyen Age. La Bible au sens le plus large, puisque les livres dits « apocryphes », surtout pour des raisons de propagande dogmatique, furent aussi largement utilisés que les livres canoniques.

Le savant allemand Siegfrid Morenz, qui s'est penché sur le problème des rapports entre la Bible et l'Egypte, estimait que l'apport égyptien au livre sacré des chrétiens était assez considérable.

Quand les sculpteurs faisaient vivre dans la pierre des thèmes bibliques, ils prolongeaient ainsi la pensée égyptienne sous la forme qui leur était propre.

Dans certains cas, les passages de la Bible – notamment dans le domaine des *Hymnes*, des *Psaumes* ou des traités concernant la Sagesse – sont des adaptations, voire des traductions d'originaux égyptiens. Songeons, par exemple, à l'adaptation biblique du grand hymne du pharaon Akhenaton, à la gloire de la puissance divine qui anime tous les êtres créés.

Interpréter la Bible à la lumière de l'Egypte réclamerait, on s'en doute, plusieurs volumes. Dans le présent ouvrage, évoquons quelques faits précis qui feront bien sentir l'importance de la source égyptienne.

« Le cœur docile » de Salomon

La royauté hébraïque, dans son principe, ne saurait se comprendre sans référence à la royauté égyptienne.

L'orientaliste Frankfort a bien montré que l'abandon du principe royal par les Hébreux les a isolés du grand courant traditionnel.

Lorsqu'il prie, le grand Salomon fait une demande particulière au Seigneur : avoir un « cœur docile ». Expression très égyptienne d'allure. Dans la symbolique pharaonique, le « cœur » est symbole de la conscience. Dans les hiéroglyphes, le mot « cœur » est représenté par un vase. Il est conçu comme le réceptacle intérieur de l'homme, le « lieu » où il accueille les directives divines.

« Le cœur docile » de Salomon n'est autre que l'intelligence du cœur, l'intuition des causes que le roi des traditions anciennes met en œuvre pour faire de son royaume une terre céleste.

On pense naturellement à l'un des aspects de la symbolique du Graal, parfois considéré comme un vase si précieux qu'il contient les secrets de l'univers; il faut aussi évoquer « le saint cœur » du Christ où les fidèles trouvent refuge.

L'ombre du Seigneur

C'est dans le Roi-Dieu, conçu non comme un individu mais comme une entité symbolique à la mesure du cosmos, que les individus trouvent équilibre et sécurité. Les *Lamentations* indiquent que les nations vivent dans l'ombre du Seigneur, qui est le souffle des narines, c'est-à-dire le principe vital qui anime les êtres.

Or, le pharaon Ramsès II était évoqué en ces termes : « Toi qui es le souffle de nos narines, faucon qui protège ses sujets de ses ailes et répand l'ombre sur eux. »

L'ombre, par conséquent, peut avoir une valeur positive. A l'intérieur de la cathédrale, le pèlerin n'est-il pas protégé par l'ombre des voûtes pour que le soleil renaisse en lui?

La tour de Babel

Yahvé, jaloux des connaissances affichées par la communauté des bâtisseurs, établit la confusion des langues pour empêcher les Frères de se comprendre et de mener à bien la construction de la tour de Babel.

Le démiurge biblique remplissait donc la même fonction que le dieu égyptien Thot « qui sépara les langues de pays à pays ».

Confusion et séparation des langues sont des épreuves que nous subissons chaque jour, entre nous-même et l'autre, mais aussi de nous-même à nous-même. Pourtant, le désespoir n'est pas de mise; c'est en construisant notre existence, en étant bâtisseur de cathédrale qu'il devient possible de retrouver le « don des langues » et de communiquer avec tout ce qui existe.

Sur une fresque de Saint-Savin-sur-Gartempe, le Christ, probablement conçu comme le Maître d'Œuvre de la Jérusalem céleste, contemple une communauté de bâtisseurs à l'œuvre. Ils élèvent une tour, une tour de Babel qui ne s'effondre pas.

Un feu sur la tête

« Si ton ennemi a faim, sustente-le,
S'il a soif, désaltère-le,
C'est amasser des charbons sur sa tête,
Et Yahvé te le revaudra. »

Ce proverbe du roi Salomon enregistre un acte rituel connu de la tradition égyptienne. En effet, on dit d'un personnage symbolique nommé Khamwêse qu'il tenait un bâton à la main et avait un brasier sur la tête.

Cette action si curieuse a un sens précis. Poser un feu sur la tête d'autrui a pour but de faire naître l'humilité en lui. Non pas la veulerie et l'abandon de tout orgueil de créer, mais l'authentique humilité, qui est la connaissance de la position de l'homme comme intermédiaire entre ciel et terre, et participant des deux natures.

Un autre rite pratiqué par les anciens Egyptiens évoque à merveille cette idée. Quand on étendait le défunt dans le sarcophage – ou bien l'initié lors de cérémonies rituelles – il ne s'agissait que d'*une* mort et non pas de *la* mort. Afin que l'individu puisse franchir victorieusement les épreuves de l'au-delà, on plaçait une flamme sous sa tête. La tête, résumé du corps entier, analogue au naos du temple, recevait ainsi la lumière nécessaire pour éclairer le chemin de l'Inconnu.

Les doigts du scribe

« Les paroles du dieu » sont la dénomination égyptienne des hiéroglyphes, ce dernier mot forgé par les Grecs signifiant « signes sacrés ». Les hiéroglyphes, porteurs d'une telle énergie, n'étaient pas confiés à n'importe qui. Pour apprendre à les manier, il fallait passer par la « Maison de Vie » dont l'enseignement ésotérique guidait les scribes sur la voie de la Sagesse. Quand les doigts du scribe gravaient les paroles du dieu, il faisait rayonner l'énergie dont les hommes ont besoin pour vivre.

La Bible n'a pas oublié le thème des doigts de l'écrivain sacré qu'inspire la Sagesse divine en lui dictant son œuvre. Il doit être rattaché à la symbolique de la main et des doigts du Créateur lui-même. Songeons, par exemple, à la main de Dieu sortant des nuages, à la main puissante qui, à la cathédrale du Puy, supporte une colonne.

Le cuivre guérisseur

D'après la tradition égyptienne, le corps des dieux est formé de divers métaux précieux. Il y a certainement là une des origines symboliques de l'alchimie médiévale. On parlait aussi d'un cuivre très particulier, d'origine céleste, qui exerçait un pouvoir purificateur et guérissait les maladies.

Ceux qui manipulaient de telles substances étaient des spécialistes. On pense, bien entendu, à la caste secrète des « Forgerons » qui a laissé de si profondes traces dans toute la tradition africaine.

Ce n'est donc pas par hasard que Moïse fut considéré comme un forgeron, donc comme un initié aux mystères des métaux et à leur maniement. Le célèbre « serpent d'airain », construit pour dissiper les forces nocives, était en quelque sorte son chef-d'œuvre d'artisan. Or, ce serpent est déjà connu dans les textes égyptiens.

En forgeant, l'initié se met en communion avec les rythmes les plus secrets de la matière. Il les met au jour, les révèle. Dans le monde médiéval, c'est à saint Eloi que fut attribué le rôle de Maître Forgeron.

Dans cette perspective, on peut considérer avec le plus grand respect les anneaux de cuivre posés sur les portes de certains édifices. En frappant à la porte du temple à l'aide de cet anneau, celui qui désire y pénétrer opère de lui-même sa première purification.

Moïse, Melchisédech, Joseph

De nombreux personnages de la Bible ont une « ascendance » égyptienne marquée. Pour ne donner que trois exemples connus, citons Moïse, qui porte un nom égyptien signifiant « Celui qui est né », avec le sens implicite de « Celui qui est né à la vie en esprit »; Melchisédech est une image biblique du pharaon remplissant son rôle de prêtre; Joseph fut vizir et administrateur des trésors du roi, fonctions de la plus haute importance à la cour d'Egypte. Joseph est un nom égyptien qui signifie : « Celui qui connaît les choses », le Connaissant.

La valeur symbolique compte davantage aux yeux des imagiers que la réalité historique. Lorsqu'ils incarneront les personnages bibliques dans la pierre, ils penseront avant tout au message à transmettre, rejoignant ainsi l'inspiration proprement égyptienne pour qui l'histoire, au sens moderne du mot, n'existe pas.

Les saints successeurs des dieux

Paul Barguet définit la religion égyptienne comme un « monothéisme à facettes ». Ces facettes, ce sont les dieux. Des dieux qui n'ont pas disparu avec la fin de la civilisation égyptienne. Le Moyen Age a christianisé les dieux, reconnaissant en eux les aspects de l'Unité qui se diversifie dans la manifestation.

Selon Flavius Josèphe, historiographe du peuple juif, c'est sainte Thermouthis qui sauva Moïse des eaux. Autrement dit, une déesse égyptienne; de plus, les eaux elles-mêmes, ces eaux fécondatrices qui donnaient sa richesse au limon d'Egypte, furent canonisées sous le nom de saint Nil.

Le Moyen Age fut peuplé de dieux. Entreprise vaine et quelque peu naïve que de rechercher les traces historiques des saints; ce sont des fonctions du Créateur, des intermédiaires entre l'Architecte des mondes et l'artisan qui modèle sa propre vie. Comme les dieux égyptiens, les saints médiévaux ont un mythe, une légende, un lieu de prédilection.

Là où il n'y a pas de dieux ou de saints, la contrée est morte, sans âme. Le saint sacralise la région dont il est responsable. Porteur de l'Unité, il rend la terre fertile, il permet au soleil de resurgir d'entre les morts, aux hommes de sortir du sommeil.

Les nouveaux chrétiens ne délaissèrent pas les dieux qui donnaient une signification aux moindres actes de leur vie quotidienne de cultivateur, d'artisan ou d'intellectuel. Ils changèrent les noms sans modifier les fonctions.

C'est ainsi que saint Michel, comme le dieu Thot, avait pour fonction de guérir les aveugles; c'est ainsi que le maître des saints, le Christ, fut comparé à Khepri, le dieu du soleil levant. Saint Ambroise, l'archevêque de Milan, dit de Jésus qu'il est « le bon scarabée qui roula devant lui la masse jusqu'alors informe de nos corps », rappelant ainsi en des termes d'une précision extraordinaire le vieux mythe égyptien de la création.

Un savant russe, Maksimov, a prouvé que saint Christophe, si populaire au Moyen Age, était une réinterprétation du dieu à tête de chacal, Anubis. On disait d'ailleurs que ce saint avait été vénéré par « toute la nation des Syriens » (lisons : les Egyptiens); il était honoré à la cour de Charlemagne et sa légende fut répandue dans toute l'Europe. On disait aussi que ce saint, à l'origine, avait une tête de chien et qu'il prit une tête humaine en se convertissant au christianisme!

Là encore, de nombreuses pages, d'ailleurs passionnantes, seraient nécessaires pour percevoir les vérités de l'univers des saints et leur étroite dépendance avec les religions proche-orientales.

Nous voudrions simplement évoquer un cas très particulier, celui de saint Ménas. Ce dernier possédait un sanctuaire à Mariout, en Egypte. De très nombreux pèlerins s'y rendirent car, près de la tombe du saint, il y avait une source aux vertus miraculeuses.

Dans des fioles en terre cuite ou en plomb, les pèlerins emportaient un peu de cette eau merveilleuse; ces petits objets circulèrent en Occident, décorés de la figure du saint entre deux chameaux, thème symbolique classique qui montre le sage maître de la dualité.

Liturgies et rituels

Le Moyen Age a fait des liturgies et des rites son pain quotidien. Les formes figées n'apparurent qu'à la fin de l'époque médiévale, alors que les anciennes cérémonies témoignaient d'une liberté d'actes et de paroles qui surprendrait beaucoup un chrétien d'aujourd'hui.

Comme un pouvoir liturgique central n'existait pas, l'Europe médiévale accueillit une multiplicité de rites, même en ce qui concerne la messe. De plus, si le Moyen Age a un profond respect de la hiérarchie, en ce sens qu'elle doit être le reflet de la hiérarchie céleste, il n'hésite pas à s'en moquer.

Fête des Fous, fête de l'Ane inversent les valeurs, rient des rois et des papes, affirment que toute vérité doit connaître son inverse : autant de preuves d'une admirable capacité de rénovation, d'une société qui sait se moquer d'elle-même pour demeurer vivante.

De telles célébrations dérivent d'une idée égyptienne dont l'importance ne saurait être trop soulignée : célébrer un rite, c'est redonner de l'énergie. Les forces divines, sans s'épuiser dans leur principe, s'usent au contact de la manifestation. Aussi une régénération périodique est-elle absolument nécessaire.

La liturgie, écrit Jean Hani, « ramène symboliquement, mais réellement, tout l'espace dans les limites du temple, de sorte que ce dernier est la synthèse du monde, ce qui revient à dire que, dans le temple et par le temple, l'espace est surmonté; le fidèle s'y trouve au " centre du monde ", il est symboliquement au paradis, dans la Jérusalem céleste. Le rituel opère de façon analogue sur le temps; il transforme le temps profane, le temps de l'homme pécheur en temps sacré, qui est déjà virtuellement au-delà du temps. Célébrer un culte tout au long d'une année, en faisant de cette année un tout, c'est non seulement vivre saintement pendant ce temps, mais c'est encore revivre saintement toute la durée du monde ».

L'éternité n'existe que dans la célébration périodique des rites. De manière subtile, mais bien présente, cette conception égyptienne fut vécue dans et par les rituels du Moyen Age. Non point, d'ailleurs, une éternité conçue comme une durée sans fin; mais une éternité ressentie comme un moment d'intensité spirituelle toujours ressuscité.

C'est dans cette perspective, nous semble-t-il, que la symbolique du baptême médiéval prend toute sa signification. Le baptême est, à l'origine, un rite royal et initiatique. Il marque l'entrée dans une communauté de connaissants. Concevoir un baptême donné une fois pour toutes est l'une des déviations les plus graves du christianisme tardif; rappelons que, chez les Esséniens, l'homme passait par plusieurs baptêmes au cours d'une vie.

Chaque cathédrale, chaque sanctuaire est un nouveau baptême pour les œuvrants. Il le demeure pour le pèlerin d'aujourd'hui.

Le Dieu inconnu

La Bible, les saints, les liturgies : autant de « points de contacts », de « courroies de transmission » entre l'Egypte et le Moyen Age. Ce n'est pas tout. Les conceptions les plus profondes se sont, elles aussi, perpétuées.

Saint Paul, au milieu de l'Aréopage d'Athènes, déclara avoir vu un autel portant l'inscription : « A un Dieu inconnu. » Zeus, sans doute, mais derrière le dieu grec se profile le dieu égyptien Amon, dont le nom signifie « le caché », « le mystérieux ».

> « Ce qui est dans le ciel et la terre
> Appartient au dieu caché »,

dit un texte pharaonique,

> « A l'auteur des choses d'ici-bas et d'en-haut;

Les yeux d'Horus,
Produisant ce qui existe,
Appartiennent au dieu caché,
Seigneur de vérité.
Ses volontés s'exécutent
Sur la terre et au ciel,
Grâce au dieu caché,
Qui a fait être l'éternité. »

Autre texte, où l'on reconnaîtra le prototype d'un passage des Evangiles : « Tu entends ce qu'on dit dans tous les pays, car tu as des millions d'oreilles; ton œil est plus éclatant que les étoiles du ciel, et tu peux regarder le disque solaire. Si l'on parle, même si le discours est prononcé dans une salle fermée, cela arrive à ton oreille; si quelqu'un fait quelque chose, alors même qu'il est caché, ton œil le voit. »

Le Verbe créateur

Le dieu inconnu, auquel rien n'échappe, s'exprime par le Verbe, notion aussi fondamentale pour l'Egypte que pour la chrétienté. Origène, l'un des Pères de l'Eglise, avait relevé la curieuse formule des Psaumes : « Mon cœur a vomi une bonne parole », laquelle n'est pas sans rappeler l'acte primordial du dieu Atoum, le démiurge, qui a craché les premiers principes organisateurs de l'univers, l'air-homme, l'humidité-femme.

« Je suis le Verbe qui ne peut pas périr en ce nom d'âme qui est le mien, lit-on dans *le Livre des Morts*. Je suis venu à l'existence de moi-même avec l'énergie en ce nom de Devenir qui est le mien, en lequel je viens à l'existence chaque jour. » Quand saint Jean écrit dans le prologue de son Evangile : « Au commencement était le Verbe, et le Verbe était avec Dieu, et le Verbe était Dieu », il prolonge l'ancienne tradition égyptienne qui faisait dire à l'initié : « Je suis l'Eternel, je suis celui qui a créé le Verbe, je suis le Verbe. »

La figure sculptée de l'homme tirant la langue, hâtivement qualifiée de « grotesque » par des critiques d'art, est, en réalité, un parfait symbole du Verbe qui s'exprime. On doit aussi la rapprocher du dieu Bès tirant la langue, affirmant ainsi la puissance et la joie.

Le Roi-Dieu

Plusieurs études sur la royauté divine au Proche-Orient, et particulièrement en Egypte, aboutissent à une comparaison inévitable entre Pharaon et le Christ. Non pas le Christ souffrant et misérable du Moyen Age décadent, mais le Christ-Roi, en gloire, des imagiers, de l'art roman et du premier art gothique.

Le Puy, cloître.
Maîtrise du serpent et du lézard, maîtrise du monde végétal où s'agitent les forces primitives et obscures : l'alchimiste connaît le secret des transmutations.

Pharaon était le seul prêtre d'Egypte qui se « délé-guait » à travers les prêtres de chaque sanctuaire, agissant à sa place et en son nom. Pharaon est médiateur entre le monde des dieux et le monde des hommes; il est la puissance créatrice qui s'incarne pour se manifester. Le Christ en royauté n'a pas d'autre fonction, se situant dans la tradition admirable des anciens Rois-Dieux.

Pharaon peut naître de l'union d'un dieu et d'une mortelle. Il est donc pourvu des deux natures. La mythologie christique reprend exactement le même schéma.

Le Christ descend aux enfers. Thème célèbre des livres funéraires royaux, tels *le Livre de la chambre cachée* ou *le Livre des Cavernes* qui décrivent la descente dans les ténèbres et leur traversée par le dieu-soleil. Au matin, surgit à l'orient le « soleil de justice » régénéré, épithète donnée au Christ qui incarnait, comme Pharaon, la lumière céleste.

Pharaon et le Christ furent considérés comme de bons pasteurs, comme les bergers des hommes. On doit aussi évoquer Apollon, « le bon berger » et Mithra, portant un taurillon sur ses épaules. Attis, dont l'étude n'est pas dissociable de celle d'Osiris, fut, lui aussi, un bon berger, fils d'une vierge.

L'ascension du Christ n'est pas un thème nouveau. D'après les textes funéraires de l'Egypte ancienne, il existe une multitude de moyens de gagner les espaces célestes où le défunt justifié vivra en compagnie des dieux. Plus précisément encore, le pharaon, lors de la fin de son existence terrestre, s'envole vers le ciel pour s'unir à nouveau à la lumière qui l'avait engendré. L'ascension des dieux est d'ailleurs un thème largement attesté; Adonis monta au ciel en présence de ses disciples, et l'on relève des traits semblables dans les mythologies de Dyonisos, d'Héraklès ou de Mithra.

L'iconographie médiévale a enregistré le thème de l'ascension du Roi-Dieu sous une forme originale, à savoir la montée au ciel d'Alexandre emporté par des faucons (par exemple sur un chapiteau du XIIIe siècle, sur une miséricorde des stalles de Wells, datant du XIVe).

Royauté du Christ, royauté possible de l'homme : « Tout homme, nous dit le Moyen Age, acquiert la qualité de roi en prolongeant ici-bas les desseins du Père cèleste. » Cette notion de la royauté n'a aucun rapport avec un despotisme ou une tyrannie. Il s'agit d'un roi qui fertilise, qui féconde.

A Jérusalem, pendant le haut Moyen Age, on

montrait une pierre très dure sur laquelle le Christ avait laissé l'empreinte de ses pieds. Tradition égyptienne connue, le Roi-Dieu marquant effectivement de son empreinte les sols les plus arides qu'il avait rendus fertiles par sa présence. Thème comparable sur un vitrail de l'église de Tilloloy, où l'on voit le désert se couvrir de fleurs lors du passage du Christ.

Le Roi-Dieu devait soumettre les forces du mal; non point les anéantir, puisqu'elles font partie du monde créé, mais les maîtriser, en extraire l'énergie positive. C'est l'une des perspectives majeures impliquées par le symbole du Christ dont les pieds sont posés sur des créatures maléfiques, par exemple sur un ivoire florentin du XIIe siècle ou bien au portail royal de Chartres. Or, cette composition symbolique est déjà présente en Egypte avec la figure du dieu Horus, protecteur de la royauté, qui soumet la puissance dangereuse des crocodiles ou des scorpions.

Autre composition symbolique très célèbre de l'époque médiévale : le Christ entouré des quatre Evangélistes, autrement dit le « tétramorphe ». Chaque Evangéliste a son symbole : à Luc correspond le taureau, à Matthieu l'ange, à Marc le lion, à Jean l'aigle. Ils entourent le Roi-Dieu, comme les quatre fils d'Horus entouraient la momie, c'est-à-dire le corps glorieux du futur ressuscité. Dans les anciennes églises d'Orient, il est frappant de constater que les Evangélistes ont encore des têtes d'animaux sur un corps humain, selon les règles de l'ancienne mythologie égyptienne.

La Vierge, trône de Dieu

La Vierge du Moyen Age des bâtisseurs, la Notre-Dame à qui les cathédrales de France sont dédiées, n'est pas à confondre avec la mère douloureuse de la décadence des XVe et XVIe siècles.

La Vierge est désignée comme « ciel et trône de Dieu », « ciel qui élève le soleil de vérité », « nuage léger contenant la lumière ». Ces connotations cosmiques rappellent, de manière fort claire, la symbolique de la déesse égyptienne du ciel, Nout.

Déjà dans la symbolique égyptienne elle-même, Nout était proche de la déesse Isis. Le culte de cette dernière connut une diffusion prodigieuse en Occident où il se maintint de manière manifeste jusqu'au Ve siècle après J.-C. C'est dans le sein d'Isis la Noire qu'était généré le Soleil de Vérité, c'est Isis qui, sous la forme de la Vierge Noire, présida à la fondation de cathédrales aussi illustres que Chartres.

L'alchimie chrétienne parle souvent de la « Sainte Matière », du corps de la Vierge où la Lumière s'est cachée. On pense à la statue d'Isis, au socle retaillé en forme de chapiteau cubique, qui avait été ainsi réutilisée par les imagiers médiévaux dans la nef de Sainte-Ursule de Cologne : symbole caché au cœur du symbole.

Isis portant Horus, l'enfant-dieu, sur ses genoux, inspira le thème de la Vierge tenant le Christ-enfant de la même manière. Au delà de l'illustration de l'amour maternel, il faut voir dans cette composition symbolique l'affirmation de la Vierge comme trône de la Sagesse. Le nom « Isis », en égyptien, signifie probablement « trône » et il est particulièrement intéressant de voir que la Vierge chrétienne préserve la même tradition.

La Vierge n'est pas seulement le support de la Sagesse, mais le milieu matriciel qui l'engendre et la fait subsister. C'est l'une des significations de l'allaitement du jeune dieu par les déesses égyptiennes. Dans son *Petit Office de la Vierge*, Fortunat célèbre ainsi ce thème :

> « Glorieuse dame,
> Assise plus haut que les étoiles,
> Tu donnas à ton créateur
> Le lait de ta sainte mamelle...
> Par toi,

L'on va au Roi d'en-haut,
Par toi,
Porte de fulgurante lumière. »

A notre sens, la « fuite » en Egypte de la Sainte Famille doit plutôt être considérée comme un retour aux sources. A Matariéh, en Egypte, existait un gros sycomore ou « figuier de pharaon » qui s'était ouvert lors du passage de la Vierge pour lui donner refuge.

Comment ne pas comprendre que la Vierge chrétienne, pénétrant dans l'arbre égyptien, s'intégrait ainsi à un axe du monde, à l'axe symbolique procuré par la tradition pharaonique?

La résurrection du corps glorieux

Chacun peut parvenir à la connaissance du « dieu qui est en lui », selon l'expression égyptienne. Les sages égyptiens indiquèrent clairement que l'humanité avait été créée à l'image de l'ordre divin, enseignement que reprit le christianisme.

Mais cette image peut être déformée par les déviations humaines. L'homme n'est pas Dieu; il a en lui une capacité de divinisation, qui peut rester lettre morte si elle n'est pas nourrie par les rites et les symboles.

L'homme sait qu'il mourra. Les rites initiatiques lui apprennent qu'il doit même mourir plusieurs fois au cours de son existence terrestre, à chaque « passage d'état » vers un meilleur accomplissement de ses facultés créatrices.

Pour symboliser l'homme accompli, les Egyptiens créèrent les rites de la momification. Ce n'est pas un corps desséché qui part vers l'au-delà, mais un être complet, divinisé, pourvu de toutes les qualités symboliques nécessaires pour affronter l'autre monde.

Saint Augustin, en évoquant les momies, faisait une affirmation extraordinaire, qui correspondait pourtant fort bien à la réalité symbolique : pour lui, en effet, les momies prouvaient que les Egyptiens étaient les seuls chrétiens à croire vraiment en la résurrection.

Certains interprètes allèrent même plus loin en expliquant que l'idée même de la résurrection avait été inspirée au christianisme par l'existence des momies. Ni chez les Grecs, ni chez les Hébreux, il n'est question de résurrection de la chair, et il faut bien reconnaître, à la lumière des textes religieux égyptiens, qu'une bonne partie des croyances funéraires chrétiennes dérive directement de la théologie pharaonique.

Un texte copte rapporte des paroles secrètes de Jésus d'après lesquelles ressusciter est se reconnaître soi-même tel qu'on était à l'origine. S'initier aux mystères s'avère donc indispensable pour apprendre à mourir, en tenant compte de l'avertissement du Christ : « Qui veut sauver sa vie la perdra. » Mourir au relatif, c'est naître à la totalité de l'être, renaître en esprit et en vérité.

S'il parvenait à la justification, le défunt égyptien devenait un être de lumière. Le symbole fut repris par les chrétiens qui firent de ce « corps de lumière » le nimbe, sorte de cercle diffusant de la lumière, qui entoure la tête des êtres saints.

Le jugement des âmes lui-même, tel qu'il se trouve représenté au portail de nombreux édifices médiévaux, est une réinterprétation de la psychostasie, la pesée de l'âme de l'Egypte ancienne. Le dieu Thot veille à ce que la balance soit équitable et vérifie si le cœur-conscience du défunt a correctement rempli sa fonction. Dans l'iconographie médiévale comme dans la symbolique égyptienne, les élus sont placés à droite et les réprouvés à gauche.

Il reste à signaler le thème symbolique de l'âme représentée sous la forme d'un oiseau à tête humaine. Les Egyptiens nommaient ce symbole le *Ba*, et on connaît des représentations médiévales de ce *Ba* (par exemple, sur la Bible Bruxelles B.R. 9157). L'égyptologue Philippe Derchain a mis en évidence la rigoureuse conformité de signification entre deux œuvres éloignées dans le temps et dans l'espace, à savoir une représentation du temple égyptien de Dendérah, en Haute-Egypte, et une figuration de la porte en bronze de la cathédrale polonaise de Gnesen.

Le thème en question est, dans les deux cas, la mort et la résurrection du dieu Osiris. Près d'un arbre, symbole de l'axe de vie, on voit l'âme du dieu, sous la forme du *Ba* pharaonique.

Des noms, des objets, des animaux

Les pages qui précèdent montrent clairement que le legs pharaonique au Moyen Age est considérable. De nombreux autres points auraient pu être évoqués.

Quand Isidore de Séville écrit : « On comprend plus rapidement la nature d'une chose, une fois connue l'origine de son nom », sa pensée est tout à fait identique à celle d'un sage égyptien. Connaître les noms, c'est atteindre le cœur des choses et des êtres.

Dans son *Livre sur la louange des saints*, saint Victrice affirme : « Les reliques contiennent une vertu et une grâce. Elles apportent le salut partout où elles se trouvent, en Orient et en Occident. » Chaque province égyptienne était placée sous la protection d'une relique sacrée; en Occident, les grands édifices religieux voudront tous posséder une relique afin d'être ainsi reliés à la tradition ancestrale.

Quand Maspero ouvrit, en 1886, la tombe du grand architecte égyptien Senmout, il y trouva une équerre, diverses sortes de niveaux et des coudées. De grande qualité, cet outillage n'était pas seulement utilitaire. Il avait aussi une valeur sacrée que gardera l'équerre des Maîtres d'Œuvre, leur coudée qui porte en elle le secret de l'harmonie.

La crosse de l'évêque chrétien n'est autre qu'une transposition du sceptre-heka des pharaons, l'une et l'autre servant à guider magiquement les hommes sur la voie de Dieu. Les grands éventails en plume d'autruche utilisés à la cour des papes l'étaient déjà à la cour des pharaons; tiares, mitres et sceptres de l'ancienne papauté n'étaient pas éloignés des originaux égyptiens.

Dans la symbolique animalière, enfin, les rapprochements entre Egypte et Moyen Age sont nombreux. Les fables égyptiennes, transmises en partie par les fables grecques, sont parvenues jusqu'à l'époque médiévale et ont parfois survécu dans l'iconographie des cathédrales.

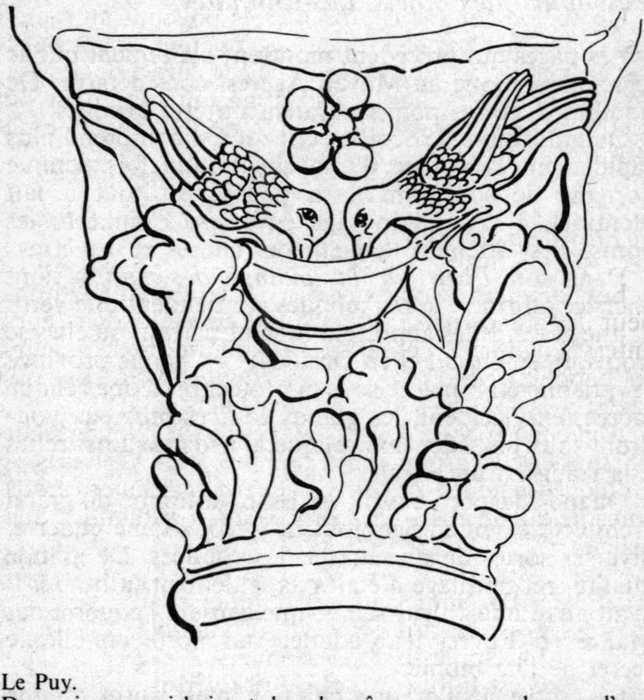

Le Puy.
Deux oiseaux qui boivent dans la même coupe, au-dessous d'une fleur à cinq pétales : dualité réconciliée, apaisement des contraires qui retrouvent la source unique.

On a pu montrer, par exemple, que le combat du malicieux Renart contre son oncle, le loup Ysengrin, était une traduction de la lutte entre les dieux égyptiens Horus et Seth pour obtenir une suprématie sur l'Egypte.

A Sélestat, à Embrun, à Saint-Jean-de-Latran, pour ne donner que quelques exemples, on trouve, comme en Egypte, des lions placés devant la porte du temple pour écarter les impurs. Les premières gargouilles furent celles des temples égyptiens, chargées de dissiper les influences nocives qui pourraient s'attaquer à l'édifice sacré.

Un thème comme celui des trois poissons entremêlés, connu par une céramique égyptienne, se retrouve sur un manuscrit du XIIIe siècle, sur le carnet de dessins de l'architecte Villard de Honnecourt et, dans la pierre, à l'une des clefs de voûte de la cathédrale de Bristol.

« Faire un jour heureux »

Les banquets commémoratifs des religieux, en l'honneur des grands personnages ou de généreux donateurs enterrés dans une église, eurent comme prédécesseurs les banquets rituels des prêtres égyptiens qui nourrissaient à la fois les morts et les vivants.

A la belle époque des universités médiévales, existait un mystérieux groupement nommé les « Goliards ». Grands amateurs de farces et de plaisanteries, ils transmettaient aussi des pensées aussi profondes que celle-ci :

> « La Noblesse de l'Homme,
> C'est l'esprit, image de la divinité.
> La Noblesse de l'Homme,
> C'est l'illustre langage des vertus,
> La maîtrise de soi,
> L'accès des humbles aux dignités. »

Or, l'un des poèmes goliardiques donne le conseil de « faire un jour heureux ». C'est ce que recommande aussi le harpiste de l'ancienne Egypte, faisant allusion à la joie du cœur-conscience, à la plénitude de l'être en harmonie avec les rythmes de l'univers.

L'hermétisme

Alexandrie d'Egypte, où se rencontrèrent les cultures égyptienne, grecque et chrétienne, fut aussi un lieu où se développa l'hermétisme, avec ses trois branches principales, l'alchimie, la magie et l'astrologie.

La renaissance du XIIe siècle s'attacha à l'étude de ces sciences traditionnelles. Sur le plan mythique, on disait que Jésus, comme Hermès fils de Maïa, avait été placé dans une auge, c'est-à-dire dans un athanor alchimique. Des papes et des hommes d'Etat, tel Frédéric II de Hohenstaufen qui avait pour ami le sultan d'Egypte, pratiquèrent les sciences hermétiques.

Hermès Trismégiste, c'est-à-dire le Trois fois grand, fut la transposition grecque du Thot égyptien. Détenteur de la sagesse cachée, il enseigne aux rois les secrets de l'univers. Salomon, un des modèles des rois du Moyen Age, fut initié aux trois sciences hermétiques par les Rois Mages, qui étaient venus d'Orient et les avaient enseignées au Christ.

L'astrologie était conçue comme la connaissance de l'harmonie universelle et la prise de conscience de son existence potentielle en nous-même; la magie permettait d'agir sur les forces vitales; l'alchimie se présentait comme l'art de découvrir l'esprit dans la matière.

Pour prendre un symbole hermétique parmi d'autres, rappelons que Dieu fut conçu comme une sphère. Cette idée, qui trouve son origine dans les textes attribués à Hermès Trismégiste, est présente dans les œuvres de saint Bonaventure, de Vincent de Beauvais, de Rabelais, dans le *Roman de la Rose*, etc. Dieu étant une sphère, son centre n'est pas seulement au ciel mais partout, c'est-à-dire également sur terre et dans le monde inférieur : on pensera à la tripartition égyptienne du monde, ciel, terre, Douat (1).

Du temple à la cathédrale

Les quelques informations rassemblées dans ce chapitre permettent de penser, à notre avis, que la cathédrale est bien la fille spirituelle du temple égyptien. De nombreux thèmes, apparaissant comme spécifiquement chrétiens, sont inexplicables sans la connaissance de la symbolique égyptienne.

Le Christ du Moyen Age des Maîtres d'Œuvre est un successeur des Rois-Dieux, dans leur fonction comme dans leur mission, malgré les distorsions historiques. La Vierge se situe dans le prolongement d'Isis, assurant la présence d'une symbolique féminine dans une religion catholique qui a tout essayé pour la rejeter, mais n'a pas réussi à expulser l'immense figure de la déesse égyptienne qui, au moment de la formation du christianisme, régnait dans tout le bassin méditerranéen et dans une bonne partie de l'Europe.

Nous avons vu, par conséquent, que la symbolique égyptienne permettait de mieux percevoir la signification de nombreux thèmes iconographiques ou littéraires du Moyen Age. Des citations d'auteurs médiévaux nous ont prouvé qu'ils avaient conscience de leur filiation. La fondation des premiers grands monastères occidentaux se fit d'ailleurs sur le modèle égyptien, les moines de la terre des pharaons s'inspirant du fonctionnement des anciennes communautés de prêtres.

Nous avons simplement mis quelques points en

(1) Le cosmos, en effet, est Trois et non pas deux. Ciel et terre nous sont familiers, mais nous avons oublié le troisième élément, la Douat, zone à la fois supérieure et inférieure qui entoure notre monde et forme un lieu de passage entre lui et les espaces célestes.

évidence pour montrer sur quels chemins passionnants conduisait l'étude des sources de la pensée symbolique médiévale. Des pyramides aux cathédrales s'est manifestée la vérité d'une aventure vécue par des communautés de bâtisseurs, initiés par des rites et des symboles identiques quant au fond.

Cette base symbolique, d'une extraordinaire richesse, ne suffisait pas, cependant, à déclencher l'épopée des siècles d'or du Moyen Age. Il fallait aussi un certain état d'esprit qui ne dissociait pas l'art d'une certaine science de la vie.

2

« L'ART SANS LA SCIENCE N'EST RIEN »

« Ce n'est pas le fait de naître qui est la vie, mais la conscience. »
Hermès Trismégiste, *Traité XII*, 18.

« L'art sans la science n'est rien », disait le Maître d'Œuvre parisien Jean Mignot.

Plusieurs siècles après la formulation de ce message, un médiéviste, Louis Réau, écrit : « La science du Moyen Age est une meule qui tourne sans avoir rien à moudre. » Pour cet érudit, la pensée médiévale était antiscientifique, dépourvue de toute notion de progrès, incapable de procéder à des expérimentations, de s'engager sur la voie de l'observation objective.

Un tel jugement devrait nous entraîner loin d'un pareil Moyen Age, plongé dans les ténèbres de l'obscurantisme. Pourtant, il demeure la parole du Maître d'Œuvre! Le jugement de Louis Réau est celui d'un homme du XIXe siècle, pour qui l'idole « science exacte » et l'idole « progrès » ont remplacé les symboles et les rites. Aussi, bien que spécialiste du Moyen Age selon les critères universitaires, s'en trouve-t-il trop éloigné pour pouvoir en comprendre l'esprit.

Prêtons notre attention au Maître d'Œuvre plutôt qu'à l'érudit. A quel art et à quelle science le constructeur de cathédrales faisait-il allusion?

Illuminer le présent

« J'avais donc, écrit l'anthropologue Hocart dans son étude sur les progrès de la connaissance humaine, soit à suivre les anthropologues en ne m'occupant que des sauvages, soit les historiens en ne dirigeant mon attention que sur ce qui est mort et enterré, soit enfin à me joindre au petit nombre de ceux qui n'observent le sauvage et l'Antiquité que pour projeter des lumières sur nous-mêmes. Je décidai de suivre cette minorité. Je me suis donc fait un devoir de relier le passé et la terre dans toute son étendue à notre Présent européen, car je suis de l'avis que seul vaut la peine d'être étudié ce qui peut illuminer le présent. »

Une telle méthode nous paraît particulièrement adéquate pour percevoir l'état d'esprit des Maîtres d'Œuvre. Décrire, dater, retracer l'évolution des formes, faire de l'« histoire de l'art », découper les époques en roman, gothique, flamboyant, analyser l'évolution des voûtes, des portails, des tympans sont peut-être des travaux utiles, auxquels se sont consacrés nombre d'érudits, mais ils ne sont destinés qu'à satisfaire notre curiosité intellectuelle.

Vivre le message de l'art médiéval nécessite une autre démarche. Dans leurs formes artistiques, les hommes de ce temps ont incarné leur vision de l'homme et de l'univers. Rationalité, découpage du monde en tranches ne sont pas, pour les médiévaux, des analyses scientifiques, bien au contraire. Ce genre de pratique n'enregistre que l'apparence et les formes extérieures de la réalité, sans assurer l'évolution intérieure de l'homme.

La science symbolique du Moyen Age n'admet pas des savants sans conscience. Pour que l'individu ait une chance de redécouvrir le cosmos en lui, il doit d'abord vaincre sa propre inertie, ce que Rabelais traduit par la magnifique formule : « Science sans conscience n'est que ruine de l'âme. »

Aussi l'expérience artistique, celle qui implique de la manière la plus radicale la connaissance scientifique de la matière, ne saurait-elle être médiocre, sous peine de placer le faux artiste en dessous de la matière qu'il travaille.

La logique n'a jamais rien construit. Elle ne fait que disserter sur les choses, elle ne « parle pas les choses ». Seul l'irrationnel, parce qu'il va directement à l'essentiel sans se perdre dans les détours stériles du raisonnement, s'adresse au cœur de chacun. C'est pourquoi le symbole devient image, c'est pourquoi l'iconographie symbolique est un langage proche de l'universel.

L'homme du Moyen Age, et particulièrement le Maître d'Œuvre, sait que son existence est un débat entre la raison, productrice de techniques, et le mystère, créateur d'une science artistique. Il apprend les techniques, il se soumet à leurs impératifs; mais il privilégie le mystère car il contient le secret de toutes les naissances.

La « spiritualité » des bâtisseurs, pour employer un mot qui n'est plus entièrement satisfaisant, n'est pas un mysticisme, ni le rêve de cerveaux éthérés qui se perdent dans les brumes de leur imagination. Aucun romantisme dans le travail extrêmement rude de ces hommes, aucune sensiblerie dans le fonctionnement régulier des chantiers. Leur quête spirituelle est, pour eux, l'aventure normale d'êtres de chair et de sang qui luttent pour conquérir leur vraie nature à travers la vérité d'une architecture, d'une sculpture, d'un métier.

Ces hommes avaient compris que, plus les concepts d'une communauté sont élevés, plus le quotidien est une fête. Ceux qui bâtissent une cathédrale font de leur journée une œuvre exaltante. Plus le sommet d'une civilisation est élevé, moins ses tâches les plus rebutantes sont lourdes à supporter. N'oublions pas que les pires atrocités commises par l'espèce humaine, qu'il s'agisse des guerres romaines ou des camps de concentration du XXe siècle, sont les conséquences inévitables de périodes où religion, croyances et rites atteignirent leur niveau le plus bas et le plus dégradé.

Le bâtisseur du Moyen Age a la certitude que son travail n'est pas une fantaisie gratuite. Il est fondamentalement utile pour que la société fonctionne, pour que l'homme connaisse une harmonie avec lui-même et avec ses semblables. Il aurait pu dire, comme Jean Balard étudiant la symbolique médiévale : « Qu'on ne nous reproche pas une évasion hors d'un présent aux terribles urgences : il n'en est pas de plus grande que le besoin de rétablir le sens éthique et de recréer notre vie intérieure. »

La communion de l'imagier avec le symbole qu'il incarne dans la pierre ou dans le bois n'est pas une évasion mais, au contraire, le moyen d'affronter de l'intérieur les fluctuations du quotidien. En découvrant les réalités de l'esprit, l'artisan initié découvre en même temps les valeurs permanentes. Il se situe au centre de la roue, il n'est plus l'esclave de la périphérie. Le moyeu tourne selon le principe d'éternité, la roue extérieure selon celui de la manifestation. Ce qui n'est jamais né, disaient les Anciens, ne mourra jamais. Le symbole n'est jamais né, le Maître d'Œuvre y établit sa pensée, il le transmet. Et nous qui le découvrons par l'étude, par le regard et par nos questions entrons à notre tour dans ce royaume du « jamais né ».

Pour l'homme de science, indissociable de l'artisan, le monde visible n'a de signification qu'en fonction du monde invisible. Aussi la science médiévale, avant sa corruption par le rationalisme, s'adresse-t-elle surtout à ce que l'on nomme, d'un mot vague mais encore parlant, l'âme.

L'âme humaine est formée à la fois par l'invisible et par le visible. Aussi la science s'attache-t-elle à déchiffrer les hiéroglyphes dont se compose la nature, et non à confectionner des manuels d'arithmétique, de botanique ou d'anatomie.

Dans chaque phénomène apparent, dans chaque manifestation naturelle, il y a quelque chose d'utile pour l'épanouissement de l'être. Quelque chose que ne découvriront ni l'érudition, ni la compilation, ni la dissection, mais le contact fraternel avec le cœur du vivant.

Si la terre n'est pas divinisée, elle n'est plus habitable, car elle cesse d'être le trône de la divinité. La divinisation de la terre est toujours à recommencer; rien de plus fragile, rien de plus précieux.

La science du Moyen Age, celle que pratiquèrent les Maîtres d'Œuvre, ne se veut pas théorique. La théorie est bavarde, gratuite; seul compte un empirisme noble, où la main et l'esprit travaillent ensemble. L'intelligence est comprise comme l'art de rassembler ce qui est épars, non comme la faculté perverse d'analyse et de dissociation.

Cette démarche s'appuie, cependant, sur un certain type de savoir. A cet égard, le VIIe siècle après J.-C. fut un moment de synthèse exceptionnel. Dans les monastères d'Irlande, dont le plus célèbre fut celui de Bangor, près de Belfast, on recueillait la symbolique moyen-orientale et l'on forgeait la culture qui allait bientôt nourrir les premiers bâtisseurs et les premiers imagiers. De la lecture des auteurs anciens à l'étude de l'astronomie, on travaillait d'arrache-pied à souder entre elles les perceptions intelligentes de l'univers connu.

A sa mort, en 636, l'évêque Isidore de Séville pouvait regagner le ciel en étant satisfait de son travail. Il avait laissé au monde médiéval en train de naître les vingt livres des *Etymologies* ou *Origines* qui rassemblent toutes les connaissances scientifiques existantes et qui figureront dans toutes les bibliothèques dignes de ce nom. Un savant d'aujourd'hui est très dérouté par la méthode de l'évêque de Séville. Pour ce dernier, l'essentiel consiste à connaître le nom de toutes choses, leur étymologie sacrée, éléments beaucoup plus précieux qu'une description analytique.

« Qui que tu sois, disait Suger, abbé de Saint-Denis, si tu veux rendre honneur à ces portes, n'admire pas l'or ni la dépense, mais le travail et l'art. » Le travail est le fruit de la science, l'art de la Connaissance. Une abbatiale comme Saint-Denis était un carrefour pour les hommes de science; ils y enseignaient et recevaient un enseignement. Les moines s'adonnaient à l'ésotérisme de leur religion dans le cloître, qui communiquait avec l'église des fidèles par le passage transversal du transept. Le peuple, à son tour, héritait de la science cultivée par les religieux et les artisans; peuple enseigné, peuple transfiguré non par le savoir mais par les fêtes où il prenait possession des églises.

Pour l'homme de métier, l'art de vivre est l'art tout court. Tous les artisans, bien entendu, ne sont pas à considérer comme des Maîtres de Sagesse. Parmi eux, il y a des exécutants, des hommes qui fuient les responsabilités, des techniciens qui ne sont attachés qu'à l'aspect quantitatif de leur pratique. Mais il ne faudrait pas réduire les communautés de bâtisseurs à un troupeau d'ignorants, d'illettrés, soumis aux ordres d'une église ou d'un pouvoir politique.

Comme nous le verrons plus loin, le Maître d'Œuvre accède à ses fonctions au terme d'une longue et exigeante initiation de métier où il apprend autant à connaître l'âme humaine que l'âme de la matière.

Quand l'imagier dessine son chef-d'œuvre, il est en plein accord avec les maximes du peintre oriental Hsieh Ho : « L'esprit créateur doit s'identifier au rythme de la vie cosmique. Le pinceau doit exprimer la structure intime des choses. » Tel le peintre zen qui, d'un seul geste continu, crée le dessin parfait sur le papyrus immaculé, le Maître d'Œuvre qui trace l'épure de la cathédrale est en harmonie totale avec l'Œuvre naissante.

Comme on le voit, les modes de création de l'artisan du Moyen Age ne sont pas ceux que l'on enseigne à nos étudiants des Beaux-Arts. Si nous sommes surpris, c'est parce que notre art s'est égaré depuis la Renaissance dans des tentatives individuelles vouées à l'échec. Celui qu'on nomme l'« artiste » s'exalte lui-même, se détache au maximum de la communauté des êtres pour mettre son petit nom au sommet d'une grande affiche. Sa vie privée, ses passions, ses turpitudes sont mises au pinacle.

Autrement dit, cet artiste-là se condamne lui-même à mort. Loin d'être dans l'éternel présent, il appartient au passé dès qu'il « produit » ce qu'il croit être de l'art. L'homme du Moyen Age se moque de l'artiste qui est dans l'homme. Il ne s'intéresse qu'à l'artisan, qu'à celui qui pose les questions : quel est le but de l'Œuvre? Que signifie-t-elle?

L'échelle de la Sagesse

« Il est une œuvre intérieure, écrit Maître Eckhart, qui n'est limitée ni absorbée par le temps et l'espace; il s'y trouve quelque chose qui est Dieu, divin et semblable à Dieu qui, lui, n'est limité ni par le temps ni par l'espace. Cette œuvre est en tous lieux et en tous temps également présente, cette œuvre brille et resplendit nuit et jour. »

Lumière de l'Œuvre qui organise le microcosme, le « petit monde » qu'est un individu, à l'image du macrocosme, « le grand monde », chef-d'œuvre de l'Architecte des mondes. Puisque ce dernier s'exprime en symboles, la symbolique est un besoin vital de l'homme qui cherche à comprendre ce qui l'entoure.

Des temples d'Egypte aux stèles irlandaises, des tissus d'Orient aux sarcophages romains, des ivoires byzantins aux chapiteaux du Moyen Age, la science symbolique est ce souffle qui traverse le temps et l'espace, cette énergie qu'aucune erreur humaine ne parviendra à faire complètement disparaître.

Les textes les plus sûrs sont les Légendes, du latin *legenda*, « ce qui doit être lu ». Par une curieuse, et souvent regrettable, inversion des valeurs, nous croyons souvent aujourd'hui que la légende concerne le domaine de l'irréel alors qu'au contraire, elle nous parle du plus réel, du symbole.

Les légendes demeurent, l'histoire, la politique dis-

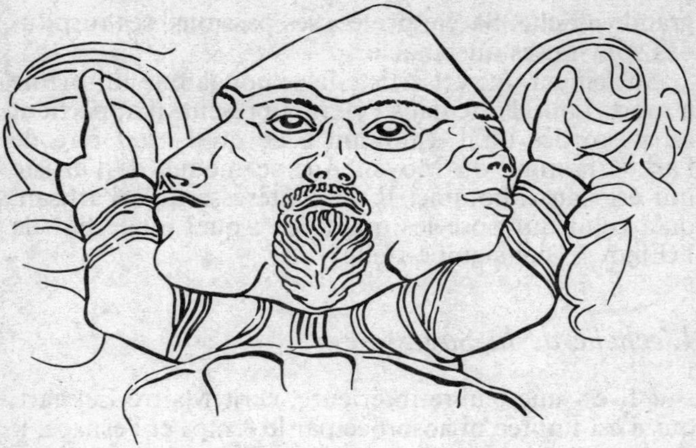

Oloron-Sainte-Marie, église Sainte-Croix.
Trois visages pour une seule tête : naissance « ternaire » de l'homme nouveau qui a surmonté les contradictions et les oppositions du monde apparent.

paraissent. La relativité du Moyen Age, elle aussi, a disparu, et ce serait utopie nostalgique que de vouloir la retrouver.

Dans l'une des voussures de la façade de la cathédrale de Laon, une femme au visage grave tient deux livres, l'un ouvert, l'autre fermé. Sa tête est environnée de nuages. Sur sa poitrine repose l'extrémité d'une échelle.

Cette femme est le symbole de l'Eternelle Sagesse, du sens des êtres et des choses dont dépend la qualité de notre art de penser et de vivre. Le livre ouvert est celui du savoir, de la quantité, du mesurable; le livre fermé est celui de la Connaissance, du mystère qui s'offre à qui parcourt le long chemin nécessaire pour l'atteindre.

Echelle qui unit entre elles les civilisations du symbole, échelle qui relie le ciel à la terre, l'homme au Créateur : la Sagesse porte en elle-même le moyen qui permet de l'atteindre. Objet usuel comme la faux qui nous invite à séparer l'essentiel du superficiel, comme la charrue qui laboure le sol de notre conscience afin que puisse germer la graine de la résurrection; objet usuel gardien d'une valeur sacrée, d'une fonction vitale que nous sommes invités à découvrir.

L'Eternelle Sagesse des bâtisseurs ne s'oppose pas à la foi particulière des hommes du Moyen Age. Elle en est le couronnement, le dépassement. Si l'art religieux n'est pas à confondre avec l'art symbolique, les Maîtres d'Œuvre ont veillé à ce que n'éclate pas de conflit entre les deux formes d'expression.

Sur un chapiteau de Vézelay, on voit un Hébreu qui tue le fils de Pharaon. Telle est la légende. Que doit-on y lire? L'historien y voit le moment où le peuple hébreu acquit son indépendance en quittant l'Egypte. L'homme religieux, plus circonspect, ressent le prolongement d'une civilisation par une autre, malgré le heurt des religions. Rencontre conflictuelle, certes, mais rencontre quand même.

Dans la perspective symbolique, il y a encore une autre interprétation. Une interprétation qui s'impose aux membres d'une communauté de constructeurs nourrie par l'initiation. L'Hébreu qui tue l'Egyptien, c'est le disciple qui tue le Maître, qui parvient à l'incorporer dans sa propre pensée, à faire vivre selon son propre génie l'enseignement reçu. On pense inévitablement à la maxime orientale que tout disciple de Bouddha doit connaître : « Si tu rencontres Bouddha, tue-le. »

L'art du Maître d'Œuvre est simplement la bonne manière de faire chaque chose, la volonté de chef-d'œuvre orientée vers l'action la plus humble. Cette conception de l'art montre qu'il n'est pas réservé à quelques artistes mais, au contraire, le bien le mieux partagé, celui qui nous apprend à régner sur notre propre existence. Aussi les médiévaux pouvaient-ils affirmer qu'une vie sans art est dépourvue de sens.

La plus modeste des chapelles correctement construite comme la plus imposante des cathédrales sont érigées selon les règles de la Divine Proportion. Il en est de même pour le corps humain. L'âme même de l'univers, selon Robert Grosseteste (1175-1253), est formée de droites, de courbes et d'angles. Autrement dit, elle fut constituée selon les lois de la géométrie divine.

C'est précisément cette géométrie sacrée que les Maîtres enseignaient aux Compagnons au travers d'une science qu'on appelait « le Trait » et que les Compagnons d'aujourd'hui connaissent toujours. Les cisterciens étudièrent de très près le Trait, cherchant à harmoniser non seulement l'espace architectural des églises mais aussi l'espace intérieur de l'homme.

Le Trait, la Divine Proportion, le Nombre d'Or sont autant d'éléments tangibles d'une pratique qui devient Sagesse. Chaque édifice devient un corps vivant, le corps de l'homme initié devient support d'une sagesse vécue. Le Nombre – et non le chiffre – permet de découvrir l'identité profonde des éléments qui composent l'univers. Ainsi, Quatre est le Nombre de la terre, avec ses quatre orients; Cinq est le Nombre de l'Homme, né de l'étoile à cinq branches; Dix est le Nombre de l'accomplissement, de la communauté qui retrouve l'Unité.

Si les cathédrales furent construites sur la base des Nombres sacrés, c'est parce que seuls ces derniers donnent la clef des proportions qui en assurent l'extraordinaire stabilité que nous constatons encore aujourd'hui. C'est aussi parce que ces Nombres traduisent géométriquement les principes de Création, c'est enfin parce qu'ils enregistrent, telles des antennes, les harmonies secrètes qui font chanter la pierre.

Hugues de Cluny, grand connaisseur de l'ésotérisme des Anciens, avait étudié l'œuvre de Boèce, remarquant notamment l'analogie entre les sept notes de la gamme et les sept planètes. Aussi l'Abbé fit-il représenter les tons de la musique sacrée sur les chapiteaux de Cluny, afin que les moines vivent dans l'harmonie céleste, contemplent chaque jour les principes de la création du monde.

Cela implique aussi une certaine action sur le psychisme des hommes qui vivaient dans un tel climat spirituel; on peut, sans nul doute, parler d'un « yoga » ou d'un « zen » spécifiques de la chrétienté médiévale. Songeons aussi à la prière particulière des moines irlandais, bras en croix, debout, ou à genoux, ou bien encore allongés sur le sol pendant différentes étendues de temps. La légende disait que certains demeuraient si longtemps dans la posture rituelle que des oiseaux faisaient leur nid sur leur tête ou sur leurs mains. Autrement dit, l'homme habité par le rite devient le support des hiérarchies célestes.

L'art symbolique rend perceptible l'architecture secrète du monde, qui est une architecture musicale; Guillaume de Conches compare d'ailleurs le cosmos à une grande cithare. La rosace de la Sainte-Chapelle de Paris accueille les vieillards musiciens de l'apocalypse, les ancêtres initiateurs qui connaissent le secret de l'harmonie des sphères.

Ces considérations, dont on perçoit bien les conséquences pratiques sur la vie intérieure, reçurent aussi des traductions très matérielles. Le pape Léon III, constatant que Dieu s'était reposé au septième jour, arrêta les degrés de parenté au septième. Loin du code Napoléon et d'une législation arbitraire que le temps rend rapidement incohérente, les hommes du Moyen Age préférèrent souvent fonder les rapports humains sur la symbolique, atteignant ainsi des « couches profondes » de la conscience. « Je ne crois pas les yeux bons juges de la création, disait saint Ambroise. Il faut saisir l'accord au plan total du créateur. »

Enseigner et sacraliser

« Le Moyen Age devient ténébreux, s'exclamait l'abbé Godard Saint-Jean, lorsque nous le regardons à travers la nuit que nous avons faite. » Ouvrons les « yeux de l'âme », dont parlent les docteurs médiévaux, pour voir comment toute forme se vivifie par l'esprit de celui qui la travaille avec amour. La matière humaine est faite pour être sacralisée, transfigurée; la vocation de la pierre qui dort dans la carrière est de s'éveiller, puis de ressusciter dans la cathédrale.

La terre, l'homme et l'univers sont identiques, mais non semblables. Ils sont liés, non confondus. C'est par la science que « le point commun » peut être retrouvé, par l'art de l'imagier qu'il peut devenir perceptible à tous.

L'art doit être enseigné par les Maîtres. Mais il ne s'agit pas d'un enseignement scolaire. Il n'y a pas de « professeurs » de symbolique, de « diplômés » de l'initiation à la vie en esprit. L'enseignement est donné par l'exemple du Maître qui travaille, par les propositions symboliques qu'il offre à l'apprenti, par les interprétations qui se superposent sans se contredire.

Comparaisons, recherche de pouvoir personnel, esprit de compétition sont les pires tares sur cette voie. Absurdité de dire qu'une cathédrale est plus belle qu'une autre, qu'une sculpture est plus réussie que sa voisine. Jugement d'analyste, d'homme extérieur. Ces œuvres contiennent la lumière de l'éveil, avec des intensités différentes, elles enseignent.

Par les œuvres ainsi manifestées, la vie est sacralisée. Quand la critique d'art moderne estime que des artistes comme Picasso ont fait sortir l'art d'une ornière en le désacralisant, elle se fait l'écho d'une civilisation qui n'est plus qu'un agrégat d'individus en conflit.

L'homme du Moyen Age des cathédrales ne fait pas « son » art. Il remplit un devoir de sacralisation, il ennoblit la plus petite parcelle du réel. Car l'art dans lequel il intègre sa pensée est beaucoup plus que lui-même, beaucoup plus qu'un individu; il représente la vision d'une communauté d'hommes faisant vivre une civilisation de l'intérieur.

Cette science artistique est une formation de l'œuvrant. Elle écarte de lui vanité et fausse modestie, qui sont exactement la même chose, les réactions émotives et sentimentales auxquelles on attache tant de prix dans le monde « artistique » d'aujourd'hui. Non point que l'artisan médiéval soit un homme froid, bien au contraire; mais il sait que l'enjeu est considérable, qu'il ne s'agit pas d'exposer dans une galerie ou d'être quelqu'un de « connu ».

Pour lui, comme pour ses frères en symbolique, c'est la perception de la création qui justifie sa démarche. Son intuition des causes est formée par le symbole, et par lui seul; il lui permet de tracer une route dans les sentiers entrecroisés de la nature.

Aussi les thèmes iconographiques ne peuvent-ils pas être n'importe quoi, au gré d'une fantaisie qui ne déboucherait que sur elle-même. Les sujets sont exemplaires, en ce sens qu'ils nous donnent l'exemple à suivre pour sacraliser notre propre existence. Quand nous voyons, sur un chapiteau, un chien ou un dragon, il ne s'agit pas de sujets amusants ou anecdotiques, mais de représentations symboliques, l'une prise dans le réel immédiat et l'autre dans le réel fabuleux, afin d'incarner des potentialités humaines. Le tailleur de pierre que nous voyons œuvrer sur tel ou tel chapiteau n'est pas la représentation de monsieur Un tel, ouvrier du XIIe siècle, mais celle du tailleur de pierre primordial, de l'œuvrant du premier jour.

Le saint, le chevalier, l'artisan, le paysan sont autant d'archétypes que l'imagier rend vivants, directement perceptibles pour les siècles des siècles. Ils sont des lampes allumées sur notre route, des modèles, des exemples qui dissipent peu à peu nos ténèbres intérieures.

Si l'homme réalise ses diverses natures à travers de tels exemples, son visage deviendra celui des admirables statues-colonnes, ses mouvements auront la qualité des volutes aériennes des prophètes de pierre de l'Occitanie médiévale, son voyage vers l'esprit aura la même fougue que celle déployée par les pèlerins d'Autun. L'art construit l'homme, l'homme construit son art de vivre, recherche intense de ce qui ne périt pas.

La stupidité des « goûts »

« La vérité est que, pour la grande majorité des hommes du Moyen Age, écrit Jean Gimpel, il y a, entre œuvre et chef-d'œuvre, une différence de degré mais non une différence de nature. L'idée qu'il y a un hiatus entre l'ouvrier et l'artiste (au sens moderne) n'apparaît pratiquement qu'avec la Renaissance et est exprimée alors par des intellectuels qui jugent, classent, hiérarchisent du dehors un type d'activité manuelle qui leur est très étranger. Ce sont les écrivains de la Renaissance qui, pour la première fois dans l'Histoire, vont vanter les mérites personnels des sculpteurs et des peintres; il en est résulté une déification abusive dont nous subissons encore aujourd'hui les conséquences. »

Dans son prodigieux carnet de dessins, où sont livrées tant de clefs symboliques et géométriques, le Maître d'Œuvre Villard de Honnecourt ne nous fait pas part de ses opinions personnelles, de ses préférences artistiques. Il ne choisit pas telle ou telle ligne, telle ou telle courbe. Il trace le lion, l'homme en prière ou en action, les luminaires parce que ce sont là des expressions éternelles de l'aventure humaine.

L'image qui se trouve devant nous est un pas vers le cœur du mystère, faisant de nous « l'homme qui, selon Maître Eckhart, voudrait se rendre capable de la Vérité suprême et y vivre sans souci du passé ou de l'avenir, entièrement libre dans l'instant présent, recevant à nouveau les dons de Dieu et les faisant librement renaître dans la même lumière ».

Le sens esthétique, dans une telle perspective, ne présente pas le moindre intérêt. C'est même une perversion de la sensibilité juste. Le Moyen Age ne s'occupait nullement de ce que nous appelons le « goût », cette valeur si vague qui nous autorise à dire que telle chose est belle et que telle autre ne l'est pas, sans se préoccuper aucunement de la signification dont elle est porteuse.

C'est le tristement célèbre « grand goût » de l'époque dite « classique » qui a détruit tant de sculptures de cathédrales, plus encore que la Révolution française. L'art du Moyen Age était jugé « barbare » par les siècles du « grand goût » qui n'hésitèrent pas à détruire ce qu'ils ne comprenaient pas.

Point de « goût » de l'artiste, point de « goût » de celui qui contemple son œuvre : ce sont là de fausses valeurs, des points de référence erronés sur le chemin de la quête spirituelle. L'artisan ne compte pas; seule l'Œuvre accomplie selon la Règle d'Or du symbole mérite d'être glorifiée parce qu'elle fait rayonner une beauté immatérielle, une lumière dont nous avons un besoin vital.

L'artiste qui développe son « goût » s'enferme à double tour dans les limites de sa petite personne, si adulée soit-elle par le monde extérieur. L'artisan du Moyen Age a mieux à faire. Il est un explorateur du réel, il chemine vers une Beauté qui est sans commune mesure avec une satisfaction esthétique.

« Quand l'Œuvre est juste et traduit la Sagesse sans la trahir, écrivent les penseurs médiévaux, elle est belle. » Le Maître d'Œuvre oriente son effort vers le royaume de la signification de l'Œuvre, la beauté extérieure lui est donnée par surcroît.

Quand nos yeux contemplent un chapiteau roman, ils éprouvent de la joie. Non parce que la sculpture est jolie ou parce qu'elle nous plaît, mais parce qu'elle est porteuse d'une signification que nous éprouvons avant même de la comprendre. De ce regard renaît une vérité intérieure qui sommeillait et que ranime la voix de la sculpture.

Si nous en avons le courage et la ténacité, nous pouvons devenir à notre tour le phénix qui s'immole sur le bûcher pour se purifier et qui renaît de sa propre disparition.

Etre utile

Les Egyptiens avaient créé un mot merveilleux, *akh*. Un mot qui signifie à la fois « être lumineux », « devenir un être de lumière » et « être utile ». Ce mot avait probablement pénétré dans la conscience de tous les Maîtres d'Œuvre qui ont édifié temples et cathédrales, car leur art de lumière est fondamentalement un art utile.

Rien de gratuit dans le message du symbole. La force aérienne qui organise la structure du monde se traduit par l'arc-boutant, la puissance qui rayonne par le Christ en gloire, l'enseignement permanent de la nature par la cathédrale elle-même.

L'artisan a pleine conscience de servir le message qu'il transmet. Il est en fonction, et non un fonctionnaire. Comme l'affirmait Andrae, « c'est la tâche de l'art de saisir la vérité primordiale, de rendre audible l'inaudible, d'énoncer le Verbe primordial, de reproduire les images primordiales – ou bien ce n'est pas de l'art ».

C'est parce que le sculpteur n'a pas placé ses impressions personnelles aux tympans des églises que ceux-ci ont subsisté jusqu'à nous; c'est parce que le vêtement de pierre habille une pensée consciente, une transmission d'ordre initiatique que les chapiteaux continuent à nous parler de manière vivante.

Quand l'artisan accomplit son chef-d'œuvre, il prouve qu'il connaît la science. Lorsqu'il le présente aux Maîtres afin d'entrer dans leur cercle, il sent que c'est la main du Créateur qui agit à travers la main de l'œuvrant. L'artisan initié ne s'appartient plus. Il est au service de la cathédrale, de la pierre sculptée; il est utile à la formulation de la vie en esprit. Comme ses prédécesseurs, il deviendra le grand-prêtre de l'idée juste incarnée dans une forme juste.

Dans la pierre brute gît la lumière du premier matin. Au tailleur de pierre de dégrossir cette matière première, d'amener au jour ce qui était caché. Bref, de se rendre utile.

Un monde profane?

S'il est une distinction qui a été mille fois répétée par les historiens de l'art, c'est bien celle qui divise l'art en « art profane » et en « art sacré ». L'art dit sacré est l'art religieux, ou d'inspiration religieuse. A l'intérieur de l'art médiéval, il faudrait donc distinguer l'art religieux, celui qui traite du Christ, des saints, de la Vierge, etc., et l'art profane, celui des chapiteaux dits satiriques, érotiques, amusants, etc.

L'ensemble de cette analyse nous paraît absurde. Le seul art que l'on pourrait qualifier de « profane » est celui qui procède d'une inspiration individuelle, coupé de toute tradition symbolique et de toute formation initiatique. A l'intérieur de l'art médiéval, il n'y a pas d'art profane. L'existence de l'ornement, c'est-à-dire d'une forme dépourvue de toute signification, est la marque du Moyen Age finissant et surtout de la Renaissance.

La notion de scène profane n'existe pas dans l'esprit de l'artisan médiéval. Quand il trace le portrait du père de famille qui met en pratique les lois ancestrales, il rend vivant, à une échelle plus réduite, le symbole du roi qui administre son royaume selon les principes de la cour céleste. Vie quotidienne, vie profane sont des termes modernes, engendrés par des civilisations qui déchirent le réel. Pour l'homme du Moyen Age, il n'y a qu'une vie, qu'un seul courant symbolique qui se diversifie en prenant les mille couleurs de la nature.

Chacune de ces couleurs est une source d'enseignement. Peu importe l'apparence des corps, les anatomies dont la Renaissance fera si grand cas; l'originalité à tout prix ou la description la plus méticuleuse et la plus plate n'ont pas davantage de valeur. La recherche d'une esthétique repose sur l'exaltation du « moi », sur la mise en avant de ses propres passions. Or, comme le dit le proverbe arabe, « ni vice ni vertu ne franchiront jamais la porte du Paradis ».

Ne rien inventer

Surtout, ne pas désirer l'invention à tout prix. Que l'artiste invente, c'est son droit; il fait preuve de son habileté mentale sans pour autant épanouir son intelligence sensible. L'artisan, homme de science, étudie les modèles de ses œuvres là où ils sont inscrits depuis toujours : dans la conscience des communautés de bâtisseurs. Ses Maîtres lui ont appris que l'invention était une faculté tout à fait secondaire de l'homme, un passe-temps.

Les sphères célestes sont à l'intérieur de l'homme, dans son esprit, dans sa main, dans son geste de création. L'apprenti se connaît lui-même non pour s'adorer, mais pour comprendre que ses sensations et ses sentiments ne concernent que lui. Ce n'est pas cela qui doit « passer » dans son œuvre. Son travail consiste à faire figurer dans une forme ce qui permettra à autrui de se connaître à son tour et de s'accomplir.

En 1355, les statuts des peintres de Sienne affirment encore que la peinture est « un art qui enseigne les vérités de la religion à ceux qui ne savent pas lire ». En 1250, ceux des peintres parisiens disaient : « Les peintres remplissent un office au service de Dieu. »

De Dieu, pas des églises temporelles. L'artisan initié, comme le roi, est un médiateur entre les puissances invisibles qui, seconde après seconde, entretiennent toute vie et les concrétisations matérielles. Le Maître sculpteur égyptien nommé Irtisen chante en termes magnifiques cet état d'esprit :

« Je connais le mystère des paroles divines,
La conduite des actes rituels,
Toute cérémonie ou formule magique,
Je les ai apprêtées,
Sans que rien ne m'échappe.
Je suis un artisan excellent dans son métier,
Je suis un homme qui s'est élevé
Par sa Connaissance. »

Ne pas inventer, mais Connaître. Ne pas se fixer sur l'apparence des êtres et des choses, mais perpétuer l'esprit de vérité.

Ces écrasantes responsabilités de l'artisan ne sont pas accablantes, mais exaltantes. Il n'oublie pas, cependant, l'avertissement du vieux sage Ptahhotep : « Ne te vante pas de ton savoir, mais consulte un homme illettré de même qu'un savant. On ne peut atteindre les confins de l'art, et il n'y a pas d'artisan qui ait complètement acquis sa maîtrise. Une bonne parole est plus cachée que la pierre verte; on la trouve pourtant chez les femmes qui travaillent aux meules. »

Chez le plus humble, comme dans la parcelle de vie la plus déshéritée, peut s'accomplir une expérience en esprit et en vérité. La pierre verte qu'évoquait le vieux sage préfigure l'émeraude du Graal, la chose la plus méprisée du monde, la pierre cachée qui est à la portée de chacun et devant laquelle on passe souvent sans la remarquer.

Anonymat et personnalité

Ne s'occupant pas de la gloriole de son « moi », l'artisan du Moyen Age exerce tout naturellement une vertu qui nous surprend beaucoup aujourd'hui, celle de l'anonymat.

Comme en Egypte ancienne, comme dans les autres

civilisations traditionnelles, la majorité des œuvres ne sont pas signées.

Quelques érudits, en cherchant bien, ont signalé que toutes les œuvres n'étaient pas anonymes et que l'on disposait de quelques signatures. Par exemple, l'inscription du tympan de la cathédrale d'Autun : « Gislebertus m'a fait. »

Les noms des Maîtres d'Œuvre, des sculpteurs, des imagiers ne sont pas des patronymes ordinaires, de simples éléments d'identité. En règle générale, il s'agit de patronymes d'initiation qui leur ont été donnés lorsqu'ils sont entrés dans la communauté ou lorsqu'ils ont accédé à un certain degré dans la hiérarchie.

Aussi la signature du Maître d'Œuvre, lorsqu'elle existe, n'est-elle pas la marque d'un individu. C'est l'homme communautaire qui reconnaît son travail, le « nous » et non pas le « je ». Quand le sculpteur, face à sa sculpture, s'exclame, le cœur serré par l'émotion, « Œuvre merveilleuse ! », il ne s'attendrit pas sur lui-même mais constate, une fois de plus, que la connaissance et l'application des lois d'harmonie ont engendré la Beauté.

L'art symbolique est anonyme, parce que le moi de l'artisan ne fait pas écran entre l'œuvre et celui qui la contemple. Son œuvre, au lieu de subir ses impressions personnelles, enregistre les rythmes du ciel et de la terre, ses sentiments purifiés par la science de l'être qui lui a été transmise.

Les trois marches

Nous avons trois marches à gravir pour mieux percevoir l'art du Moyen Age, trois marches qui peuvent être illustrées par trois chapiteaux.

Le premier est un chapiteau de Vézelay. On y voit le Christ qui, après sa résurrection, apparaît aux pèlerins d'Emmaüs. Ces derniers, d'après l'Evangile, ne reconnaissent pas le Seigneur. « Quels sont donc, demande

Trois lapins tournoyant, trois oreilles qui forment un triangle; le thème, connu depuis l'ancienne Egypte, exprime à merveille la présence éternelle de la Ternarité, symbole de l'éveil conscient, dans le mouvement de la vie.

le Christ, les propos que vous échangez entre vous? » Les pèlerins s'immobilisent, dérangés par cet inconnu. Un nommé Cléophas s'indigne quelque peu de l'ignorance manifestée par l'étranger; il se charge de lui raconter la passion et la résurrection de Jésus-Christ.

« Esprits sans intelligence, lents à croire tout ce qu'ont annoncé les Prophètes! », s'indigne à son tour le Seigneur. Pour instruire les pèlerins inattentifs, il leur apprend à interpréter le sens caché des écritures, à comprendre pourquoi il s'est exprimé sous forme de paraboles. Le Christ révèle aux chercheurs de vérité que cette dernière ne peut s'exprimer autrement qu'en symboles.

Le pèlerin ignorant, c'est nous. Mais nous avons tous la possibilité de rencontrer le Maître, à condition que nous soyons en chemin. Le premier pas consistera à lui poser des questions, à le reconnaître, à l'écouter. Pour se mettre en chemin, il suffit de ne pas passer avec indifférence devant les cathédrales. Si nous percevons qu'elles sont des paraboles de pierre, des enseignements toujours prêts à s'offrir, notre pensée commencera à se mettre en mouvement.

Le deuxième chapiteau est le « moulin mystique » de Vézelay. Scène banale, ordinaire, à première vue. Un homme met du grain dans un moulin tandis qu'un autre recueille la farine. Scène quotidienne, familière à un homme du Moyen Age et toujours accessible aujourd'hui.

Prenons garde, cependant, à cette simplicité. La science des Écritures nous apprend que c'est Moïse qui apporte le grain au moulin et que c'est Paul qui recueille la farine. Elément d'érudition qui, en lui-même, ne sert pas à grand-chose si l'on s'en tient là.

Symboliquement, le moulin mystique est celui du mystère. Il est l'instrument par lequel une sagesse passée, représentée par Moïse, devient une sagesse présente, évoquée par Paul. C'est le modèle qui nous permet d'introduire nos certitudes d'hier dans le moulin afin qu'elles soient broyées et qu'elles deviennent la prise de conscience de demain. Ainsi nous sera fournie une indispensable nourriture.

Le troisième pas est symbolisé par un thème sculpté assez fréquent : celui de l'homme qui écarte ses lèvres en mettant les doigts dans sa bouche. Personnage grotesque, figure amusante, a-t-on dit pour se débarrasser de ce curieux symbole.

En réalité, il est une traduction médiévale du très

important rite de l'Ouverture de la bouche que le Proche-Orient, et plus particulièrement l'Egypte, a conçu comme un rite de résurrection. L'initié, l'homme re-né, acquiert la faculté de parler le Verbe. Il devient capable de transmettre l'expérience vécue, au delà des mots.

Capter le mystère

Pour les Anciens, extraire une statue de la pierre brute consistait à créer un réceptacle qui attire l'influx divin vers la terre. L'énergie cosmique descend dans la pierre sculptée, l'habite et se rend ainsi présente à l'homme dont les yeux sont ouverts.

La science est un art, l'art est une science. Séparés, ils cassent l'homme en deux, brisent une société en « scientifiques » et en « non-scientifiques ». Unis, art et science procurent à l'artisan le moyen de capter le mystère.

L'art profane, celui du moi boursouflé de l'artiste qui se croit créateur, ne peut déboucher que sur un naturalisme, une démarche fondée sur l'apparence, que l'art en question soit « figuratif » ou « abstrait ». L'art sacré, celui qui transmet le symbole, met en évidence le processus de création caché dans la nature.

Cette orientation de la pensée des Maîtres d'Œuvre ne devait rien au hasard; elle était fondée sur une découverte d'une importance considérable, sur laquelle nous allons nous pencher à présent : l'univers est une parole divine.

3

L'UNIVERS EST UNE PAROLE DIVINE

« Alpha et Oméga, ô grand Dieu,
Tu diriges tout par-dessus,
Tu supportes tout par-dessous,
Tu embrasses tout du dehors,
Tu emplis tout du dedans.
Tu meus le monde sans être mû,
Tu tiens place sans être tenu,
Tu changes les temps sans être changé,
Tu fixes ce qui erre sans être fixé.
Tu as tout achevé à la fois,
Sur le modèle de ton esprit sublime. »

Hildebert de Lavardin (1056-1133).
Extrait de l'*Hymne à la Trinité.*

Au centre d'un monde

Dieu parle, le Verbe crée le monde. Pour l'homme du Moyen Age, le constat est d'une clarté aveuglante : l'univers est une parole de Dieu, l'univers est rempli de force divine. S'il doit être considéré comme sacré, c'est précisément parce qu'il est porteur des paroles qui révéleront à l'homme sa véritable nature. Le monde peut répondre à l'énigme : qui sommes-nous et que faisons-nous ici-bas?

Nous avons vu que le Moyen Age, avec sa simplicité qui est la vraie profondeur, s'était interrogé sur la science qui est nécessaire. Ce qu'il faut connaître, c'est le mode de création utilisé par l'Architecte céleste, le sens symbolique de toutes choses, le métier qui rend sacré ce qu'il touche. Le reste n'est que bavardage, futilité.

Amphiteus le philosophe affirmait, avec la vanité coutumière des philosophes, qu'il était capable de tout expliquer, tant son savoir était grand. La qualité de son raisonnement était telle que rien n'échappait à sa compréhension. Faisant un jour une promenade au bord de la mer, il aperçut un enfant qui versait de l'eau dans un trou. « Que fais-tu? », interrogea le grand philosophe, intrigué. « J'essaye de mettre l'Océan dans le trou », répondit l'enfant. Aussitôt le philosophe de railler cet esprit faible! Mais l'enfant garda son calme, indifférent aux moqueries. « J'en viendrai à bout plus vite que vous de savoir où était Dieu avant la Création », conclut-il.

Peu importent, en effet, les arguties et les faux problèmes des philosophies qui ne sont pas des sagesses. Raban Maur, moine bénédictin, abbé de Fulda au IXe siècle, composa un ouvrage qui traitait « non seulement de la nature des choses et de la propriété des mots, mais encore de leur signification mystérieuse ». S'il existe une nature visible, ce que le Moyen Age nomme une « nature naturée », il ne faudrait pas oublier qu'elle est fille de la Nature qui crée, la mystérieuse « Nature naturante ».

C'est cette dernière qui est un sphinx. Une énigme vivante, qui exige de nous le dépassement d'une vision superficielle de la vie sous peine de sombrer dans les phénomènes, de souffrir d'une cécité spirituelle qui sera la cause de tous nos maux.

La seule position constructive à l'égard de la nature est celle de l'alchimiste. Prenant conscience de sa dimension symbolique, il entre dans le « laboratoire » d'une nature qui devient l'oratoire de sa pensée. Il se situe, comme tout homme traditionnel, au centre du monde ou, plus exactement, au centre d'un monde. Le monde, au sens strict, est quelque chose à organiser, quelque chose en formation que l'homme a pour tâche de rendre cohérent. Il découvre alors le cosmos, c'est-à-dire une harmonie où les voix célestes se font entendre. Alors se découvre l'univers, la parole divine dans son infinité de mondes et de cosmos.

Nulle utopie dans cette vision des bâtisseurs. La preuve de leur réalisme foncier s'est offerte d'elle-même, sous la forme des cathédrales. S'ils n'étaient pas allés au-delà de la description du monde et d'une analyse soi-disant objective de l'univers, jamais aucune pierre ne se serait mise à parler, aucune église ne se serait dressée.

L'idée la plus fausse, selon les constructeurs, est que le mal réside dans la matière. Seules des Eglises moralisantes, des sectateurs déséquilibrés peuvent prétendre une pareille chose. Chacun sait que mépriser ou négliger la matière, c'est se rejeter soi-même, c'est nier tout principe d'harmonie.

Chacun sait aussi, dans le cosmos du Moyen Age, que la Lumière céleste a pénétré dans les profondeurs de la terre et qu'elle se cache au cœur de la matière. Au centre de la planète, il y a un feu bouillonnant; c'est le même que celui qui entretient le mouvement des sphères célestes.

La matière, comme l'univers, est une pensée de Dieu. Elle est le tissu de la sphère de lumière dont le foyer central contient l'énergie increéée. La pensée de l'homme peut atteindre ce « milieu juste » et participer ainsi à la Connaissance de toutes choses. Le péché, autrement dit le refus de tenter l'aventure de la Connaissance, rend opaque pour l'individu le rayonnement de ce « milieu juste ».

Pour nous guérir de cette opacité qui provient de nos conventions mentales, de nos préjugés, de nos jugements égoïstes, il y a la cathédrale. Elle est contact direct avec le centre toujours en mouvement de la sphère, elle favorise l'épanouissement de notre intuition des causes, aussi enfouie en nous-même que la divinité dans la matière.

Ce que le Moyen Age nomme la « rédemption » n'est rien d'autre que le retour de l'homme à son origine cosmique. Retour qui ne s'effectue pas vers un quelconque passé, mais en hauteur et en profondeur, autrement dit par une sympathie avec la nature, aussi bien cachée qu'apparente.

Les savants qui se croient « objectifs » violent la nature. Le savant du Moyen Age s'unit avec elle, accomplit un mariage sacré avec les signes tangibles que la divinité a placés sur son chemin. Que l'on ne prenne pas un tel homme pour un émerveillé de l'évidence, pour un adorateur béat des phénomènes naturels. Non, le bâtisseur de cathédrales n'est pas un naïf. La pluie et le vent ne sont pas des forces sacrées, mais leur expression, une concrétisation de la Lumière de l'origine, une potentialité d'éveil toujours renouvelée.

Les chefs-d'œuvre que sont la ruche des abeilles ou la ramure d'un chêne n'ont pas à être adorés. Ce sont des symboles en mouvement, des appels, des jalons qui mènent au temple. Dans la cathédrale, ces valeurs naturelles s'intégreront dans la géométrie et dans l'architecture des Maîtres d'Œuvre. Grâce au regard attentif de ces derniers, les arbres deviendront colonnes.

Dans l'éducation que donnaient les bâtisseurs, tout était organisé pour lutter contre la passivité. L'homme intégré au réel, en effet, est celui qui participe à ce qui l'entoure, se recréant donc lui-même en tant qu'élément du cosmos. Aussi ressent-il ce dernier comme sa demeure, comme le lieu où l'on « se sent bien ». Aucune peur sous le ciel immense des plaines de Picardie, sur les sentiers des forêts d'Ile-de-France, sur les pentes des montagnes, sur les navires qui affrontent les mers, en direction des pays merveilleux. Tout cela est en nous.

Les différents états de la vie, ses « plans », communiquent entre eux. Plus l'homme s'accomplit, plus sa communication avec les formes de cette vie, de la pierre à l'étoile, s'élargit.

La rondeur du monde, qui n'a donc ni commencement ni fin puisqu'il est un cercle, ne prouve-t-elle pas qu'il est parfait? C'est dans un tel monde que Dieu a manifesté sa Sagesse de Maître d'Œuvre pour que nous la fassions nôtre.

Le philosophe rationaliste et le religieux qui confond croyance et Connaissance interviennent sans tarder : et le mal! s'écrient-ils; n'oublions pas le mal! Le mal n'est-il pas partout présent dans la nature? Question mal posée, répond le Moyen Age. Par nature, le mal n'existe pas. Il s'agit d'une conception humaine. Toute chose peut devenir mauvaise dans la main d'un mauvais ouvrier.

D'ailleurs, la véritable origine du mal est connue. Il n'a pas été créé comme la nature, mais simplement inventé. C'est le diable qui s'est chargé de cette invention, de ce « gab », comme on disait au Moyen Age pour désigner une plaisanterie astucieuse qui n'était pas toujours du meilleur effet.

Pour l'homme du Moyen Age, le monde objectif n'existe pas. Une idée aussi saugrenue ne lui vient même pas à l'esprit, ce qui lui permet de réaliser l'économie d'une « religion du progrès » qui, depuis le XVIe siècle, a fait tant de ravages et commis tant de crimes.

Le monde est ce que nous sommes capables d'en éprouver. Son intensité se mesure à l'expérience que nous désirons accomplir. Pourquoi le Maître d'Œuvre est-il un personnage important de la société médiévale? Parce qu'il a beaucoup essayé, beaucoup risqué, parce que sa vraie richesse est celle de ses voyages intérieurs et extérieurs. En lui réside un vaste monde où il s'est mis à l'épreuve. Il a fait fructifier au centuple le talent qui, selon la parabole de l'Evangile, lui a été remis au début du chemin.

« Au pied de l'arbre est la cognée », dit le proverbe. Celui qui ne s'en saisit pas est un malfaiteur, c'est-à-dire quelqu'un qui fait mal ce qu'il doit faire, un paresseux qui trouve n'importe quel prétexte pour ne pas affronter l'épreuve. Tout est présent devant nous, cependant; l'arbre est la matière à travailler, la cognée est l'instrument d'une possible maîtrise. La science reçue par l'apprenti bûcheron lui permettra de frapper les coups efficaces, ceux qui ne gaspilleront pas l'énergie et n'abîmeront pas l'arbre. Car ce dernier, une fois abattu, continuera à vivre sous la forme d'un meuble, d'une sculpture, d'une charpente. Et, selon la qualité de l'œuvrant qui l'aura préparé à cette fonction, le bois, lui aussi, aura plus ou moins de « métier ».

Le mystère du temps

Vézelay, Autun, Paris, Lyon, Vienne, Lescure, Bordeaux, Issoire... La liste serait très longue, des édifices où sont sculptés les signes du zodiaque.

Evitons le travers rationnel qui ne voit que superstition dans l'astrologie. Cette dernière révèle les normes célestes, les lois éternelles du cosmos et la manière d'y conformer notre esprit en sacralisant le temps.

Douze signes du zodiaque, douze types de réalisation de la Pensée divine. Dynamique du Bélier, créativité du Taureau, intelligence du Gémeaux, matrice du Cancer, noblesse du Lion, pureté de la Vierge, justesse de la Balance, facultés de transformation du Scorpion, sens du voyage du Sagittaire, désir d'ascension du Capricorne, sens rythmique du Verseau, sensibilité des Poissons : autant de qualités de l'Homme zodiacal qui est le modèle de chaque individu.

Les calculs de l'astronomie ne suffisent pas à percevoir le cosmos. Ils permettent de l'analyser, de le « compter »; il nous faut aller beaucoup plus loin à l'aide de l'astrologie qui fait communier l'homme avec son ciel intérieur.

Le temps sacré s'exprime aussi par l'année. Elle n'est autre que Dieu roulé en cercle, tangent à toutes les époques et à tous les pays. Partout où nous irons, nous le rencontrerons et il n'est point de jour ou de nuit qui soit privé de lui.

Les moments essentiels d'une année sont marqués par des fêtes. Lors des solstices, par exemple, on se réunit dans les villes comme dans les campagnes. Au solstice d'hiver, c'est l'intériorité qui prime avec la célébration du feu nouveau; au solstice d'été, c'est l'extériorité, avec les danses, les jeux et la célébration du feu dans sa toute-puissance.

Janus aux deux visages est symbole de l'année. Incarnant le présent par son troisième visage, celui qu'on ne voit pas, il veille sur le passé et sur l'avenir. Il fait du temps une fête puisque c'est lui, dans le cycle des sculptures d'Amiens, qui préside le banquet célébré en l'honneur de l'année mourante et de l'année renaissante. Le Moyen Age avait créé une contrepartie féminine de Janus, la célèbre sainte Geneviève, dont le nom s'interprétait comme *Janua nova*, « porte nouvelle de l'année ».

Le calendrier entier était porteur de sacré. Pour bien concrétiser l'idée, on avait forgé un saint Almanach, dont le martyr, bien entendu, était célébré le premier jour de l'année. A chaque jour sa vérité, à l'année entière de porter l'éternité en son sein. Avouons que dire le « cinq juin », « le trois août » n'a aucune signification. Pour donner une date, dans le Moyen Age traditionnel, on dira « deux jours avant la Saint-Michel », « cinq jours après la Noël ». On prendra donc une référence directe dans le sacré, dans le monde des saints et non dans la durée profane.

La semaine, elle aussi, est un message symbolique, puisque nous la vivons en rapport avec le système planétaire. Dimanche est le jour du soleil, lundi celui de la lune, mardi celui de Mars, mercredi celui de Mercure, jeudi celui de Jupiter, vendredi celui de Vénus, samedi celui de Saturne. L'homme passif subit leur influence; l'homme sage apprend à la connaître et à maîtriser les réactions positives ou négatives qu'elle déclenche en lui.

La journée commence à trois heures du matin. C'est l'heure des laudes, c'est-à-dire de la joie de l'humanité qui perçoit la lumière qui, quoique cachée, va bientôt se manifester. Le jour qui vient sera pour nous l'occasion de tout vivre, de tout découvrir.

Ouvrir à nouveau les yeux, goûter un nouvel éveil. Ne pas se lever tout de suite, ne pas commettre un excès de précipitation. Avant de mettre son corps en mouvement, l'homme du Moyen Age oriente la journée qui vient, il imite le Créateur organisant le cosmos.

Pour penser sa propre action, c'est le critère d'utilité qui, là encore, prédomine. Etre utile à l'ensemble des hommes, être utile à ses proches, être utile à soi-même : voilà les trois intentions qu'il faudra, à nouveau, remettre sur le métier. Avec ce désir fermement ancré en soi, il est possible de faire le premier pas vers le jour qui se présente.

Du lever du soleil à son coucher, de la création qui se renouvelle jusqu'à sa dissolution, la journée entière est symbole de l'éternité. On sort du sommeil comme d'une mort, on atteint l'apogée de la réalisation à midi, on connaît la paix au soir. Dans l'espace d'une journée, tout peut être accompli. Quels que soient les échecs, quelles que soient les imperfections, il n'y a aucune raison de désespérer : demain, avec une autre journée dans ce monde-ci ou dans l'autre, une autre révélation nous sera accordée.

Le temps des miracles

C'est un fait acquis, le temps ne passe pas. C'est nous qui passons à travers lui, jusqu'au moment où nous comprenons qu'il est un seul et éternel moment. Les miracles se produisent pour le prouver : les interventions divines franchissent sans peine le barrage illusoire du « temps qui passe ».

Année, mois, semaine, jour forment l'architecture symbolique du temps où se produisent les miracles. Ceux du Christ, ceux des saints n'ont aucune valeur « historique », car ils sont à la fois dans le temps et

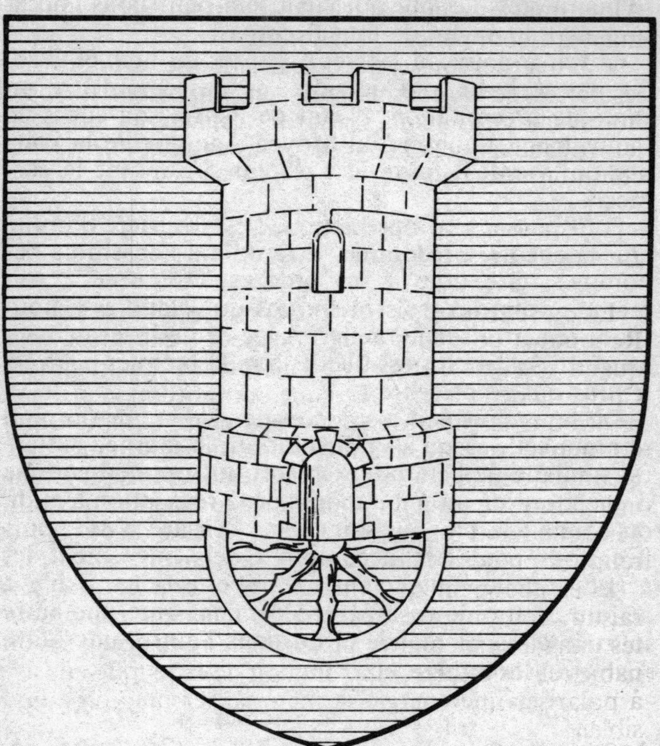

Le château tournoyant du Graal : l'édifice où s'initient les chevaliers se déplace sans cesse. A l'initié de se trouver au centre de lui-même, au cœur de son propre mouvement.

au-delà du temps. Aussi les médiévaux sont-ils capables de les renouveler. Songeons, par exemple, à sainte Fanchen, une abbesse irlandaise qui partit à la rencontre de son frère. Ce dernier résidant dans un lointain pays, elle dut emprunter la voie maritime.

L'abbesse emmena trois sœurs avec elle. Mais elle n'utilisa pas un moyen de transport ordinaire. La sainte femme, en effet, posa son manteau sur les eaux.

Alors que les sœurs se déplaçaient sur cet esquif, le manteau commença à s'enfoncer.

« L'une de vous, interrogea l'abbesse, a-t-elle trahi les règles de la communauté en emportant un objet inutile? – Oui, avoua l'une des religieuses, un gobelet. » Fanchen jeta l'objet dans les eaux et elles purent continuer leur route.

Le temps des reliques

Là où se trouve un lieu saint, on trouve une relique. Reliques « normales », si l'on peut s'exprimer ainsi, quand il s'agit du bois de la croix, de vêtements du Christ ou de la Vierge. Reliques extraordinaires, quand on évoque la sueur du Christ conservée à Saint-Omer, de même que la manne miraculeuse donnée aux Hébreux dans le désert, les cornes de Moïse à Rome, une larme de Jésus à Vendôme, le bouclier de saint Michel à Saint-Junien-de-Tours. La liste de ce type de reliques prendrait des pages et des pages.

Elles choquent, a-t-on écrit, le « bon goût » et la raison. Peu importe; les reliques n'étaient pas présentes dans les sanctuaires pour satisfaire les gens raisonnables et les esthètes. La fonction de la relique consiste à polariser une énergie, à matérialiser une force invisible.

L'église qui contient une relique, quelle qu'elle soit, est vivifiée de l'intérieur. Par la présence de cette dernière, elle est reliée à une longue chaîne de symboles. Le corps non corrompu des personnes sacrées préfigure le corps de lumière de l'homme ressuscité; chaque organe du corps humain est d'ailleurs placé sous la protection d'un saint.

Ce n'est pas l'organe en tant que tel qui est vénéré, mais l'énergie invisible qui passe à travers lui. Quand on plaçait le scarabée de cœur sur la momie du défunt égyptien, on remplaçait l'organe de chair par le principe de toute transformation. Sur un plan pratique, on pensera à la technique de l'acupuncture chinoise qui ne soigne pas le cœur, le foie ou la rate mais régularise l'énergie qui les anime. Si le cœur de chair est voué à une destruction inévitable, qui sera d'ailleurs un retour à la nature, le cœur-conscience s'unira au soleil spirituel, manifesté sur terre par les reliques.

Les larmes du Christ, pieusement conservées, ont pour mission de rappeler le rôle de la souffrance et du sacrifice. Elles évoquent aussi le rôle créateur des larmes divines; les hommes en sont issus.

Ilots d'éternité au cœur du temps, les reliques placent le surnaturel aux détours de toutes les routes empruntées par le voyageur, dans la plus somptueuse des cathédrales comme dans la plus modeste des églises de campagne.

Présences divines

Si la nature est verte, ce n'est pas par hasard. Le vert ne repose pas seulement la vue de l'homme, il contribue à l'ouvrir. La méditation à laquelle invite le vert suscite l'éveil du regard intérieur.

Depuis toujours, les forces divines habitent la nature. Par le cycle des saisons, par l'observation des rythmes quotidiens, il est possible de les reconnaître.

Aux carrefours, les voyageurs médiévaux continuent à rencontrer Mercure qui, aux plus attentifs, indique la bonne direction. Dans l'eau des fontaines où ils se désaltèrent, ils aperçoivent encore le visage d'une déesse qui purifie les sources.

Présences divines dans le corps de l'homme lui-même, formé par les quatre éléments. Feu qui habite la pensée, air qui place dans notre poitrine le souffle de vie, eau qui réside dans notre ventre pour en faire un contenant d'énergies, terre qui permet à nos jambes d'assurer la stabilité de notre édifice corporel. Chaque élément est un *ligamentum*, un lien que Dieu a créé pour relier entre eux les divers aspects de la nature.

Or, dit l'Ecriture, « ce que l'homme liera sur la terre sera lié dans le ciel ».

A nous, par conséquent, d'établir des rapports d'harmonie. Nous disposons des « outils » nécessaires pour y parvenir. La tête de l'homme, par exemple, possède une valeur cosmique, puisqu'elle comprend sept ouvertures correspondant aux sept planètes. Autrement dit, une tête bien faite est dotée du mouvement infatigable et harmonieux des sept corps célestes qui déterminent la destinée. Elle est un « petit monde », un cosmos en réduction analogue au grand cosmos.

Les qualités humaines ne sont que des traductions particulières à notre race de fonctions naturelles. La tolérance, par exemple, est analogue à l'humidité qui favorise l'épanouissement des plantes et maintient la cohésion de la terre. Sans humidité, tout se dessécherait, se casserait. Sans tolérance, c'est-à-dire sans communion avec les autres formes d'intelligence, nous ne découvririons pas la plante d'immortalité et notre jardin intérieur se scléroserait.

Comme la terre est parcourue par des canaux et des rivières, le corps humain est sillonné de veines à la fois concrètes et abstraites. Le sang emprunte des voies de circulation pour irriguer les chairs, l'énergie créatrice fait de même pour animer notre pensée. Cette dernière, pour être féconde, doit s'abreuver à des sources pures, descendre des montagnes vers la plaine.

La parole des animaux

Dans la nuit de Noël, à l'instant où le Christ naît, les animaux se mettent à parler. Au douzième coup de minuit, les sages comprennent leur langage.

Ne commettons pas d'imprudence, par conséquent, en négligeant ce qu'ils ont à nous dire. Ne soyons pas comme Balaam qui refuse d'écouter les avertissements de son âne, lequel lui déconseillait d'aller chez les infidèles. Il fallut l'intervention d'un ange pour convaincre l'entêté, l'homme moins conscient que l'animal.

Sans les animaux, du plus petit au plus grand, la vie sur terre serait impossible. La science moderne a bien mis en évidence la notion de « chaîne biologique », où chaque espèce a un rôle à jouer. L'une des plus grandes folies de l'époque moderne est de risquer de rompre cette chaîne, par méconnaissance des lois vitales.

La connaissance que nous devons avoir du monde animal n'est pas naturaliste. A côté de la France des vaches, des moutons ou des chevaux, existe une autre France, tout aussi familière à l'homme médiéval, celle des dragons, des phénix ou des licornes. La distinction prétendument savante entre animaux « réels » et animaux « fantastiques » n'a aucun sens. Ce qui compte, c'est le message qu'ils ont à transmettre, donc la légende dont ils sont porteurs.

La huppe, par exemple, s'occupe de ses vieux parents avec une attention sans égale; elle les couve et parvient à les rajeunir. D'après les traditions moyen-orientales, la huppe est un oiseau magique auquel le roi Salomon accordait la plus grande importance. Rajeunir ses parents, n'est-ce pas redonner vigueur aux conceptions anciennes, vivifier l'enseignement reçu, prolonger les générations qui nous ont précédés sans les trahir? La plus grande joie du Maître, c'est de voir son apprenti le dépasser, aller plus loin que lui sur le chemin de la Connaissance.

La belette est dotée de facultés extraordinaires : elle conçoit par l'oreille et enfante par la bouche. Rire d'un tel symbole, ne pas croire à cette vérité, c'est prouver que l'on n'a pas reçu la part essentielle de la transmission initiatique, à savoir l'enseignement oral. Quand les Maîtres communiquent les ultimes secrets de l'art de bâtir, ils font de l'oreille du disciple un milieu procréateur, un lien où il fera croître la tradition reçue. L'enfantement aura lieu quand le disciple, devenu capable d'exercer une maîtrise, transmettra à son tour par la parole donnée à autrui.

L'époque moderne a fait du serpent un animal exclusivement maléfique; le catholicisme tardif y a d'ailleurs beaucoup contribué, en interprétant dans une seule direction, probablement la moins bonne, la fameuse scène de la Genèse. Si les serpents sont, certes, des êtres redoutables, il est néanmoins nécessaire de parler avec eux. Connaissant les profondeurs de la terre, ils sont détenteurs de grands secrets. Ils détiennent notamment les itinéraires qui conduisent aux trésors cachés, sommeillant au tréfonds de notre conscience. Après mille ans d'existence, les serpents se transforment en dragons et veillent sur les richesses que découvrent les chevaliers au terme de leur Quête.

Serpents et scorpions absorbent les poisons de la terre, la rendant ainsi accueillante. Ils « enregistrent » des forces négatives que le magicien sait rendre positives. Dans cet ordre d'idées, songeons aussi à l'hyène, ce charognard que l'on n'aime point rencontrer et dont l'apparence externe est si

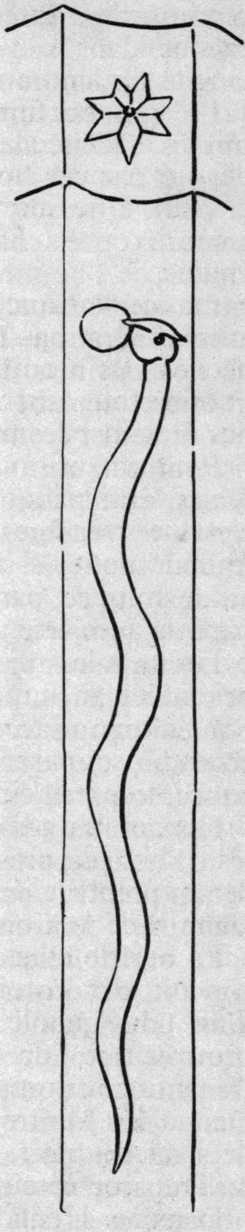

Saint-Jean-Saverne.
Gravé sur l'abside, donc dans la zone céleste de l'église, le serpent n'est pas ici emblème du mal. Au contraire, il met au monde le cercle solaire sous l'étoile à sept branches, symbole du mystère par nature. Même thème dans la tombe du pharaon Ramsès VI.

repoussante. Pourtant, il y a une pierre précieuse cachée dans son œil. Celui qui la placera sous sa langue obtiendra la faculté de prophétiser.

Le lion en fureur est redoutable. Accusé par des impies, Daniel avait été jeté dans une fosse où il serait dévoré par des lions. Le prophète ne succomba pas à la peur. Il se mit en prière, ne prêtant pas garde aux animaux prêts à se jeter sur lui. La puissance qui émane de l'homme juste est telle que l'agressivité des carnassiers disparaît, qu'ils se placent autour de lui avec vénération. Dans notre fosse aux lions, au cœur de nos instincts déchaînés, nous avons à faire preuve quotidiennement de notre qualité de « dompteur », par le seul rayonnement de notre pensée.

Pour parvenir à cette maîtrise de soi, il faut, comme Jonas, être passé par le ventre d'une baleine. Là, ce seront les ténèbres, une caverne en mouvement dans le milieu matriciel de l'océan, une seconde naissance au-dessous de la surface des choses pour mieux renaître à la lumière.

Les animaux se présentent également à nous comme des adversaires. Le naïf, celui qui croit que tout est bon et beau, se fera dévorer par le terrible coquatrix, le crocodile qui détient la puissance brutale alors qu'il paraît sommeiller.

Les animaux-lianes, si fréquents sur les chapiteaux, sont l'image parfaite des entrelacements de la nature, de ses volutes compliquées où l'on peut se perdre. La tâche de l'homme est de trouver la cohérence dans cette multiplicité.

Aussi devons-nous suivre l'exemple de la grue au long cou quand nous prenons la parole, afin de transmettre notre expérience vécue. Si nous avions l'intention de parler contre quelqu'un, de nuire, les mauvaises paroles auraient été arrêtées par les sinuosités du cou de l'oiseau. Cela nous laisserait le temps de préparer une expression plus constructive.

Dans les rituels du début d'année, directement hérités de l'Antiquité, hommes et femmes se déguisent ou, plus exactement, s'assimilent à des animaux. En revêtant des peaux de loup, de cheval ou de vache, ils deviennent, non pas l'animal lui-même, mais l'énergie qui passe à travers lui. Héritage de l'ancienne théorie égyptienne des « transformations », par laquelle l'initié acquiert la vertu particulière de chaque être en lequel il se transforme.

Respect de l'animal, connaissance de sa nature, participation à la vérité qu'il incarne : l'homme médiéval est bien loin de la science d'un Descartes qui considère les animaux comme des mécaniques que l'on peut torturer à souhait.

Un chapiteau de Vézelay montre un singulier duel. D'un côté, le basilic. Fabuleux oiseau à tête de coq et à queue de serpent, il possède un regard qui pétrifie l'imprudent se trouvant en face de lui. De l'autre, l'homme sage qui, pour pouvoir contempler le basilic, s'abrite derrière un globe de verre.

Admirable symbole de la nécessaire transparence de l'être face à la nature. Le sage peut voir les forces les plus dangereuses, les puissances les plus redoutables, à condition de savoir s'y prendre. Le basilic étant un oiseau sacré, il accorde à qui le contemple la possibilité de découvrir la royauté de l'esprit en chaque phénomène naturel.

N'ayons pas la vanité de croire qu'aucun individu épuisera jamais le message symbolique de la nature. Maître Renart, aux malices inépuisables, échappera toujours aux chasseurs, allant jusqu'à les narguer dans la salle du banquet. Il est symbole de la part d'inconnaissable, d'insaisissable, qu'aucune analyse n'emprisonnera jamais.

Paroles des pierres précieuses

Le règne minéral, contrairement aux apparences, n'est pas inerte. Nous avons déjà parlé et nous parlerons encore de la pierre qui sert de matière première aux bâtisseurs. Parmi les pierres, il en est de « précieuses » qui parlent un langage spécifique.

Le diamant, par exemple, est le réceptacle d'une puissance extrêmement dangereuse qu'il est impossible de dompter. Il tue l'incapable ou l'inconscient qui osent le manipuler. Seul un Maître magicien saura s'entretenir avec un diamant et rendre utile son rayonnement. Une fois taillé, il entrera dans la composition d'objets liturgiques, afin de chanter la splendeur du sacré.

Qui a confiance en la vie a entendu la voix de l'émeraude; qui désire trouver la couronne de sainteté a perçu celle de la topaze. La pierre est à ce point vivante que celle de l'île de Daphné peut procréer, après avoir reçu la rosée du ciel.

Le verre a une nature ambivalente. Comme il change de teinte selon l'intensité de la lumière, il est symbole du faible d'esprit qui est incapable de garder une ligne de conduite. Mais le verre est aussi noble support, lorsqu'il est utilisé dans le vitrail, afin de filtrer la clarté du soleil et de répandre à l'intérieur du sanctuaire la lumière la plus pure.

Paroles des végétaux

« Me voici au plus profond du taillis, dit un moine irlandais anonyme dans le Codex de Saint-Gall; le chant du merle résonne à mon oreille; tout près de mon parchemin aux lignes serrées babillent les oiseaux. Que Dieu me protège; il fait bon écrire sous le toit feuillu de la forêt. »

Sans doute le savant moine avait-il la même pensée

que saint Bernard, qui disait : « Tu trouveras plus dans les forêts que dans les livres; les arbres et les rochers t'enseigneront des choses qu'aucun maître ne te dira. »

Moines et bâtisseurs allaient donc écouter la leçon des forêts, des bois, des arbres, exactement comme le faisaient leurs ancêtres dit « païens ».

C'est d'ailleurs ce qui inquiétait fort l'Eglise dogmatique. En 567, le Concile de Tours tente de supprimer le culte rendu aux pierres, aux arbres et aux sources. Textes de lois inopérants, comme beaucoup d'autres; en 789 encore, on tente d'interdire les pratiques cultuelles du paganisme. On interdit de vénérer les bois sacrés, de faire des sacrifices près des sources, sur des rochers. Mais les fêtes païennes sont toujours célébrées; on continue à habiller richement des « idoles », à respecter le calendrier des jours fastes et néfastes, à consulter des initiés qui interprètent des présages.

Assez vite, les hommes d'Eglise s'aperçurent que la religion chrétienne, malgré ses juristes, ne parviendrait pas à supprimer ces valeurs essentielles. Alors, elle adopta une autre tactique. Saint Augustin avait écrit : « Il en est des bois sacrés comme des gentils; on n'extermine pas ces derniers, on les convertit, on les change. De même, on ne coupe pas les bois sacrés, on fait mieux : on les consacre à Jésus-Christ. » On s'inspira donc de ce conseil.

Dans la Hesse, les chrétiens abattent le grand arbre sacré de Geismar, près de Fitzlar; Boniface fait utiliser son bois pour construire une chapelle. On grave des croix chrétiennes sur les arbres païens, on met des reliques dans les troncs, et ce, jusqu'au XIIe siècle dans certaines provinces. Les saints, au lieu de faire abattre les arbres, en font des ermitages où ils résident, par exemple saint Fursy à Frohen-le-Grand, près d'une fontaine miraculeuse. C'est pourquoi des arbres portent le nom de saints.

On alla même plus loin en diffusant des légendes selon lesquelles les saints avaient créé des forêts. Selon la légende picarde de saint Waast, ce dernier avait planté en terre un bâton qui devint un énorme tilleul. Ses graines, dispersées par le vent, donnèrent naissance à la forêt de Wardes-en-Vexin.

La forêt est lieu d'enseignement symbolique pour celui qui sait comprendre le langage des arbres. Elle est aussi lieu d'initiation pour les charpentiers, lieu d'exploits à accomplir pour les chevaliers.

Le règne végétal dans son entier peut faire entendre ses voix. Si l'on accroche du houx dans une maison, on ressuscite le buisson ardent de Moïse comme la couronne d'épines du Seigneur : feu de la révélation, accomplissement du sacrifice.

Connaître le monde, c'est atteindre la rose enfermée dans une tour que gardent Danger, Mauvaise-Bouche, Honte et Peur. Les noms de ces quatre gardiens indiquent clairement qu'ils ne seront pas facile à écarter; pourtant, il faut atteindre cette rose secrète et en découvrir le message. Les Maîtres d'Œuvre y étaient parvenus, comme le prouve l'existence des rosaces des cathédrales.

Lorsque Jésus déclare, d'après l'Evangile de Jean, « Je suis le vrai cep », il se rattache ainsi à toute une tradition où les dieux sont incarnés par la vigne. On pense évidemment à Dyonisos qui, lui aussi, subit une passion et connaît une résurrection. En voyant l'admirable « pressoir mystique », d'Haguenau, où le Christ-raisin est broyé pour donner le vin de la vie à ses fidèles, on doit rappeler l'existence du même thème en Egypte. Le vin est le sang du dieu introduit dans le pressoir.

Le 24 juin, on s'étendait dans la rosée du matin et l'on se baignait dans les sources des rivières. Pour célébrer la formidable joie de la Saint-Jean d'été, le Moyen Age jouit d'un contact direct avec la nature qui l'environne. La base de sa civilisation est la connaissance du message symbolique de cette nature, de cette voix du dedans qui guide nos pas.

Paroles des aliments

Ce que nous mangeons est issu de la nature, du moins en ce qui concerne l'homme du Moyen Age! Les aliments, par conséquent ont, eux aussi, des paroles à transmettre.

La noix est le réceptacle d'un surprenant mystère : trois vertus et trois bienfaits, à savoir l'onction, la lumière, et le don de l'énergie vitale. La noix elle-même est le Christ, l'écorce est la croix du sacrifice, l'enveloppe est le corps qui, correctement nourri, peut supporter l'épreuve. Bien caché au cœur de la noix, le divin peut ainsi être redécouvert par le plus humble.

Autre exemple : les vérités secrètes d'un œuf. Depuis l'Antiquité, on sait que l'œuf fut l'abri de la création, avant qu'elle ne se manifeste, et qu'il contient l'architecture harmonique du monde. Le firmament est la coque, la terre est la peau blanche, l'eau est le blanc, le feu est le jaune. Quand nous mangeons un œuf en conscience, nous absorbons le cosmos.

Paroles des objets

Les objets, nés de l'intelligence humaine, sont également destinés à la faire percevoir à ceux qui les manient. Lorsqu'on pose sur la table familiale une couronne de feuillages ornée de quatre bougies, ou bien qu'on l'accroche au plafond, ce n'est pas pour agrémenter le foyer mais afin d'évoquer la Jérusalem céleste. Chaque famille, en tant que microcosme, peut former une cité sainte.

Les bâtons des pèlerins ne sont pas de simples bouts de bois. Ils sont les fils de la crosse des évêques, des bâtons et des cannes des Maîtres d'Œuvre, ils prolongent la baguette de Moïse qui, en frappant un rocher, avait fait surgir de l'eau. Beaucoup de saints du Moyen Age accomplirent ce même miracle.

Sur un chapiteau de Louviers, on voit un homme qui tient une écuelle. Il a été surnommé le « maqueux de soupe »; on le rencontre également à Dijon et en d'autres lieux. Le considérer comme un paysan pauvre qui se contente de sa pitance est oublier qu'il porte un bonnet phrygien, celui des initiés; son écuelle, percée d'un trou, est le cercle de l'univers sans fond, insondable, mais qu'il est possible de « tenir en mains » par la pratique du métier.

Paroles de la société

L'abbaye de Saint-Denis, pensait-on au Moyen Age, a été fondée par saint Denys l'Aréopagite. L'abbé Suger savait qu'il violentait l'histoire en diffusant cette idée, mais l'histoire est sans grande importance face au symbole. Denys l'Aréopagite, théologien de la lumière, avait écrit d'admirables pages qui inspirèrent l'architecture de clarté du premier art gothique. Son œuvre, écrite en Grec, avait été conservée et traduite dans des monastères; les manuscrits avaient circulé aux VIIIe et IXe siècles.

Parmi les enseignements de Denys, dont la pensée eut une grande influence sur le Moyen Age, l'un d'eux connaît un long développement : l'univers est hiérarchisé, il est organisé en degrés d'inégale valeur et d'inégale importance. L'homme-individu n'est qu'un degré intermédiaire. La rédemption de l'individu passe par son intégration dans la société, plus apte que lui à communier avec le divin; mais cette société elle-même doit s'harmoniser avec la société céleste.

La société médiévale est fondée sur une hiérarchie. Puisque le monde créé par Dieu va du phénomène le plus concret à la Quinte-Essence, tel sera le monde des hommes. Contrairement aux autres éléments naturels, la Quinte-Essence, étant le principe des transformations, n'en subit pas elle-même. On pourrait la comparer à l'étoile polaire par rapport aux corps célestes en mouvement. Comme le paysan de l'Antiquité qui accroche sa charrue à une étoile pour tracer le sillon juste, la société traditionnelle suit l'étoile du Roi-magicien. Dante, dans son *Paradis* I, 103-4, explique encore que toutes choses ont un ordre entre elles. Un ordre qui n'est pas arbitraire, mais qui rend compte de la forme qui rend l'univers similaire – et non semblable – à Dieu.

La société médiévale n'est plus une société tout à fait harmonieuse dirigée par un Roi-prêtre. A son sommet se trouve un aigle à deux têtes, l'une étant le roi et l'autre le pape. Cette séparation des responsabilités conduira à de nombreux conflits internes. On s'aperçoit d'ailleurs que les rois ont un statut religieux et que les papes ont un statut royal.

Cette solution adoptée par le Moyen Age n'est pas à considérer comme une division des pouvoirs, mais comme une tentative d'opérer un échange permanent entre deux aspects de l'Unité primordiale.

Dans le corps de l'aigle à deux têtes, on distingue l'existence de « castes », de petites communautés possédant leur génie propre à l'intérieur de la grande communauté. Les religieux sont des professionnels de la spiritualité, les artisans sacralisent la matière, les chevaliers entretiennent l'aventure permanente, les paysans fécondent la terre.

Fait essentiel : ces communautés ne sont pas séparées les unes des autres, et leurs « échanges » comptent autant que leur position dans la hiérarchie. Le chevalier a le devoir de protéger le travail du paysan, lequel nourrit tous les hommes; l'artisan construit l'église, le château, la maison. Le moine prie pour que le chevalier gagne son combat contre les ténèbres, l'artisan contre l'inertie, le paysan contre les forces de destruction.

Immense symbole en mouvement que cette société de fonctions : chacun est indispensable à autrui, chaque communauté vit par et pour les autres. La Roue de Fortune est une mise en garde à ne pas négliger :

sans cesse elle tourne, faisant monter et descendre les individus, les faisant réussir et échouer, échouer et réussir. La société idéale n'existe pas, parce que aucune société ne saurait être le lieu d'une perfection. Selon le Moyen Age, une société harmonique est un essai permanent vers la perfection, un travail toujours remis en question vers une bonne circulation du sacré entre les divers corps sociaux.

Cela n'est possible qu'à la condition que le pape et le roi soient des personnes symboliques et non des individus despotiques. Le pape couronne l'édifice de la liturgie; c'est son office essentiel. Son vêtement fait de lui une représentation vivante de l'univers : la terre est figurée par les hauts-de-chausses tissés de fil de lin, l'océan qui entoure les continents par les baudriers, l'air par la tunique d'hyacinthe, le feu par la mitre.

On nomme le pape « vin de médecine », « bâton de discipline », « lait de piété », « étoile immobile », « tramontane qui guide les marins ». A cette époque, l'une des couronnes papales était faite de plumes de paon ocellées, pour signifier que le pape a des milliers d'yeux et que son regard, comme celui du Christ, est partout présent.

Le roi, comme le pape, est un symbole manifesté aux regards de tous. Dans la société du XIe siècle, la rigidité administrative actuelle n'existe pas. Les rois n'ont pas de capitale fixe, ils circulent de province en province, rendent visite aux évêques, célèbrent les fêtes dans diverses villes, vont sur les chantiers, dans les écoles des abbayes et des monastères. Lors des processions, on touche le vêtement du roi, ses gants, ses chaussures.

Ce n'est pas l'individu qui est ainsi vénéré, mais le monarque qui appartient à tous. Selon la physique médiévale, chaque élément se transforme en son voisin. Le feu en air, par exemple, l'eau en terre, etc. Pour réguler ces mutations, un Roi-magicien est nécessaire. Situé entre les dieux et les hommes, savant qui connaît les livres, le roi se porte garant d'une harmonie qui ne saurait exister sans lui.

Le Jeudi saint, répétant l'acte du Christ, le roi lave les pieds des pauvres. Dans la société dont il est responsable, le roi est le premier et le dernier, le chef et le serviteur. La scène du lavement des pieds était représentée sur un chapiteau d'Autun; chacun savait que les pieds purifiés des Apôtres pouvaient parcourir le vaste monde, que le puissant était au service du faible, que le haut et le bas n'étaient pas séparés l'un de l'autre dans l'ordre social.

Dans la cathédrale, ce que nous nommerions aujourd'hui « l'élite » et « le peuple » se rejoignent. Dans ses pierres et sur ses murs, le même enseignement est offert à tous. A chacun de développer son intuition et son intelligence pour comprendre et vivre. Face aux mêmes scènes, le sage et l'homme matériel lisent des significations différentes, non exclusives les unes des autres.

Dans le geste du semeur, on peut voir un moment de la vie agricole, certes; mais le paysan, en pratiquant cette action immémoriale, nous apprend aussi que la semence ne peut être introduite que dans un sol préparé, que le sacré ne peut s'unir qu'à une conscience préparée au mystère.

Lors des baptêmes de grands personnages, il n'était pas rare de leur voir attribuer comme parrain un mendiant. Or, le parrain est un guide spirituel, dont le rôle est presque aussi important que celui du père. Sans doute se souvenait-on du fait que les pauvres en esprit, c'est-à-dire ceux qui désirent vivre l'esprit, détiennent une sagesse.

On savait aussi que les richesses terrestres ne garantissent pas un retour heureux dans l'autre monde, et l'on racontait volontiers l'histoire du pauvre hère arrivant devant les portes du paradis, après un enterrement misérable.

« Va-t'en, dit saint Pierre, le portier céleste. Tu n'es qu'un manant, personne ne te regrette; tu n'as pas ta

Louviers.
Le sage, coiffé du bonnet initiatique, tient l'écuelle qui contient le cosmos. Par le trou passe l'axe du monde, symbole de la Tradition toujours semblable à elle-même. A nous de la recevoir dans le réceptacle de notre esprit.

place ici. En Enfer, loqueteux! – Comment, rétorqua le pauvre, peux-tu me parler sur ce ton, toi qui as renié trois fois le Seigneur? » Honteux, saint Pierre cède la place à Thomas. Mais le pauvre récuse également son jugement, car Thomas a été sceptique. Vient enfin saint Paul qui, lui aussi, essaie de chasser le manant. « Je n'ai pas lapidé des chrétiens comme tu l'as fait », entend-il de la part du pauvre. Dieu, qui avait assisté à toute la scène, vint alors prendre le pauvre par la main et l'emmena en Paradis.

La richesse est intégrée au fonctionnement de la société d'une manière remarquable, à certaines périodes. Qui possède est en état de péché, lorsqu'il possède mal. Il n'est pas question d'abandonner ses biens, mais de posséder ce qui est nécessaire à l'exercice de sa fonction.

Le roi doit avoir les plus beaux habits, les plus beaux ornements, parce qu'il est la synthèse de la société entière, une personne communautaire. Le Maître d'Œuvre possède plus que l'apprenti, parce que davantage de responsabilités pèsent sur ses épaules. Mais il n'a pas à envier les terres du baron, de même que ce dernier n'a pas à jalouser les richesses du monastère. Comme le sage visitant un marché d'Athènes, chacun peut s'exclamer, devant tout bien matériel qui ne sert pas à la pratique de son « métier » : « Que de choses dont je n'ai pas besoin! »

L'idée centrale, sur ce thème, se résume par un proverbe : « Nul marchand ne peut être agréable à Dieu. » Le commerce ne fait pas partie des activités sacrées, tout bénéfice qui en résulte est un péché mortel. Mais le marchand peut sauver son âme : il lui faut faire don d'une partie de sa fortune pour aider à la construction d'un sanctuaire, à la réalisation d'un programme sculpté, à la taille d'un vitrail. L'argent gagné rentre ainsi dans le « circuit » de l'édification des cathédrales.

Etre marchand n'est pas un métier, mais une occupation. Pour accéder au métier, il faut passer par une initiation; nous verrons plus loin combien elle était importante pour les bâtisseurs. Le roi n'accédait à son Office qu'au terme d'un long et complexe cérémonial d'intronisation où il revêt un manteau, symbole du ciel, et reçoit la main de justice et le sceptre de la droiture. Le futur chevalier passe, lui aussi, par un rituel initiatique : bain de purification, recueillement solitaire pendant une longue nuit, adoubement par l'épée de lumière. L'universitaire lui-même reçoit son grade lors d'une cérémonie à résonances religieuses;

l'anneau qui est passé à son doigt évoque son mariage d'amour et de fidélité avec la science.

Ce thème du mariage est l'une des principales traductions de la symbolique dans la vie quotidienne. Le roi est marié à son royaume, l'abbé à son monastère, le Maître d'Œuvre à la cathédrale. Quand un homme épouse une femme, ils reconstituent le couple primordial avant la Chute et reconstruisent un monde par l'unité ainsi retrouvée. Union avec autrui, union avec soi-même, mais aussi union avec l'invisible qui gouverne ce monde. Qu'est-ce qu'un chapiteau symbolique, sinon l'union toujours nouvelle entre l'esprit et la lettre, la signification et la forme?

L'union implique une grande capacité d'amour, laquelle s'accompagne d'un don de soi. « Qui s'emmure, dit le proverbe, aime peu. » Le Moyen Age n'aime pas les mystiques, du moins ceux qui s'enferment en eux-mêmes sans transmettre. Ceux qu'on qualifie de « mystiques », comme Maître Eckhart ou sainte Thérèse d'Avila, ont parlé, écrit, donné. Les moines médiévaux ne séparent pas la méditation de l'action, ils savent être dans ce monde et dans l'autre, voyager et prier. Car toute pensée non formulée est une pensée morte. Le moine qui ne transmet pas ne sort pas de sa prison individuelle. Les ordres contemplatifs, qui refusent le quotidien et s'isolent du monde extérieur, sont une perversion du Moyen Age finissant. La contemplation des moines de Cîteaux, de Cluny ou d'autres ordres s'est toujours accompagnée de constructions d'églises, de rédactions de livres ou d'aventures humaines.

Point de barrière entre ici-bas et l'au-delà : les morts ne sont pas morts, ils deviennent des ancêtres. Ils sont présents par l'œuvre accomplie. Saint Louis célèbre deux messes chaque jour : une pour les morts, l'autre pour les vivants, c'est-à-dire deux aspects d'une même réalité fondamentale. Comment la chaîne du sacré pourrait-elle être brisée par une disparition d'ordre physique?

Point de barrière entre les mondes, point de barrière entre les hommes. Ce désir du Moyen Age, comme des anciennes civilisations traditionnelles, ne fut pas toujours exaucé. Mais il faut cependant reconnaître les multiples réussites dans ce domaine, surtout du XIe au XIIIe siècle. Rappelons que les chantiers des cathédrales réunirent des hommes venus des quatre points d'Europe, abolissant ainsi la frontière des langues et des mentalités, au service de l'Œuvre communautaire. Plusieurs abbés étaient des hommes d'origine modeste, de même que de nombreux Maîtres d'Œuvre. La qualité de l'homme était alors plus importante que la notoriété donnée par sa naissance. Les romans de chevalerie illustrèrent cette réalité par le personnage de Perceval, pauvre paysan gallois qui devint chevalier du roi Arthur.

Cette circulation de la sève spirituelle dans l'arbre social n'est possible que par le respect de toute activité humaine constructrice. Certes, la cathédrale est le chef-d'œuvre par excellence qui contient tous les autres. Mais le travail le plus humble est porteur de vérités.

Le grenier est analogue au cloître, l'aire à la nature entière, la paille aux humains. Le message des Apôtres est semblable à la pierre à aiguiser qui permet d'affûter les instruments, de les rendre aussi efficaces que le ciseau du sculpteur ou la crosse de l'évêque. Une faux sans tranchant, pensait-on, est dire sans faire.

La « culture intellectuelle », la « philosophie de l'histoire » dont nous sommes si fiers, sont des inventions du XVIIIe siècle dont l'humanité s'était heureusement passée auparavant et dont elle se passera probablement bientôt. La véritable culture réside dans l'étymologie même du mot, qui vient du latin *cultura*, culture, de *colere*, cultiver, à savoir d'une part cultiver la terre, et d'autre part rendre le culte, c'est-à-dire pratiquer une Connaissance du mystère.

Paroles des fêtes

Une société qui se nourrit du symbole ne reste pas confinée dans le cerveau de quelques théoriciens. Elle se montre dans les fêtes, dans les festins, dans les rires.

Le Moyen Age fut une grande époque de fêtes. Si l'on travaillait dur, on prenait aussi des temps de repos; on s'arrangeait d'ailleurs pour faire coïncider, dans certains cas, les foires avec les fêtes. L'exemple typique est celui de la foire de Lyon qui avait lieu quatre fois par an, pendant quinze jours. Pendant deux mois par an, au minimum, la ville était en fête.

De son vivant, l'homme du Moyen Age pénètre dans le surnaturel par la fête du baptême. Il entre nu dans la cuve baptismale, dans la source de vie. Dépouillé de ses vêtements et de ses idées fausses, il meurt au vieil homme pour renaître à l'homme nouveau.

Toute fête est une purification. La veille des réjouissances, on nettoie la maison pour la remettre à neuf et l'on rend à leurs propriétaires les objets empruntés. On repart ainsi sur de nouvelles bases, la remise en ordre de la demeure où l'on vit équivalant à la remise en ordre de soi-même.

Le jour de Pâques, douze chanoines dansaient autour du labyrinthe de la cathédrale, notamment à Auxerre. Symbolisant les signes du zodiaque, ils rendaient ainsi manifeste le mouvement des sphères célestes autour de la cité sainte. Les danses dites « populaires » prolongeaient, pour la plupart, des moments de rituels antiques; par exemple la carole, chaîne d'union de danseurs imitant le déplacement des planètes.

Rite central de la fête : le banquet. Il peut être célébré partout, même dans les églises. Son modèle chrétien est la Cène, où le Seigneur avait banqueté avec les Apôtres.

Le banquet est le lieu de l'échange. Les hommes effacent les distinctions sociales qui les séparent, ils communient dans la joie en goûtant les richesses solides et liquides offertes par la nature et travaillées par l'art subtil du cuisinier. C'est pendant le banquet que l'on éclate de rire, qu'on se moque des faiblesses et des travers.

Une société où les grands et les petits ne sont pas réunis dans le même banquet va obligatoirement de travers. Qui ne boit pas avec ses frères sombrera un jour dans la haine de l'humanité et se desséchera sur place. Alchimie communautaire, le banquet balaye d'une chanson gaie l'égoïste et le triste sire.

Le banquet est aussi un rite. Les coutumes de table, disaient les Anciens, contiennent la Sagesse la plus élevée. Dans ses *Maximes*, le vizir égyptien Ptahhotep s'attarde tout particulièrement sur la politesse exercée par les convives, qui pratiquent ainsi l'art du Verbe; c'est dans des *Propos de Table*, que Plutarque, initié aux mystères égyptiens, révèle un certain nombre de secrets qui lui ont été communiqués; les Compagnons, dans leurs chansons de table et pendant les rites du banquet, agissent de même.

Le rire est le feu qui anime la fête et le banquet. Ne croyons pas, surtout, que le rire est simplement de l'humour. C'est par le rire que Dieu a créé les mondes, le rire est présent au cœur des liturgies les plus sacrées; le Moyen Age, en effet, connaissait un « rire pascal », qui autorisait les plaisanteries licencieuses dans l'église et des discours joyeux du prêtre en chaire, un « rire de Noël », formé de chansons drôles, sur n'importe quel sujet, chantées dans le sanctuaire.

Tout culte et toute liturgie ont un double comique, sans lequel ils n'auraient aucune valeur. La *Coena Cypriani*, écrite entre le Vᵉ et le VIIᵉ siècle, est la plus ancienne parodie grotesque connue dans le monde médiéval, mais elle ne saurait être dissociée de modèles plus anciens. Toute l'histoire sacrée est utilisée à des fins comiques, depuis la malheureuse aventure d'Adam jusqu'à la non moins tragique épopée du Christ. C'est au cours d'un banquet excentrique, où les imaginations les plus débridées se donnent libre cours, que le monde sacré est inversé, afin que les valeurs les plus graves rient d'elles-mêmes et renforcent ainsi, par une critique interne et positive, leur vérité profonde.

« La liturgie des ivrognes », « l'Evangile de l'Ivresse » bousculent les Pater et les Credo, renversent les hiérarchies, font passer les Principes cul par-dessus tête. En reniant ses rites ésotériques et ses rires les plus « grossiers », l'Eglise d'aujourd'hui est devenue triste. L'Eglise du Moyen Age riait d'elle-même, consciemment, puissamment. Elle savait que ce rire était la condition *sine qua non* de sa régénération périodique.

Songeons à des rites aussi prodigieux que la fête de l'Ane, cet animal qui poussait des « hi-han » dans l'église pour ponctuer les parties de la messe. Le prêtre ne rejette pas l'âne, il le bénit. Pour ce faire, il doit parler son langage. Aussi braille-t-il trois fois à la manière d'un âne.

Cet âne n'est pas n'importe qui! Il est celui qui a eu l'honneur de porter la Vierge Marie et Jésus pendant la « fuite » en Egypte. Il se retrouvait d'ailleurs en pays de connaissance, puisque l'âne égyptien est l'incarnation de Seth, le dieu de la puissance vitale. Il est aussi le digne confrère de l'âne d'or, en lequel, d'après Apulée, s'était transformé le profane Lucius à la suite de l'intervention d'une sorcière. Quand l'âne d'or respira la rose mystique que tenait un prêtre d'Isis, il retrouva sa forme humaine et fut admis à l'initiation.

Songeons aussi à l'âne Brunellus qui se rendit à Salerne avec l'intention de se débarrasser de sa queue. Chemin faisant, il acquit une grande science, puisqu'il étudia, notamment, le droit et la théologie à Paris.

Dans tous les pays européens, on connaissait un testament de l'âne, ce dernier léguant les parties de son corps aux grands « corps » de la société médiévale. La tête, par exemple, revenait aux papes, la voix aux musiciens, les excréments aux paysans pour qu'ils en fassent de l'engrais, etc.

Puisque le monde est une parole de Dieu, prêtons-lui toute notre attention. L'étude de la nature est indispensable, non pour acquérir un savoir scientifique, mais pour maintenir une harmonie entre le ciel et la terre. L'homme est le troisième terme, celui qui reçoit à la fois le flux cosmique, dont il prend connaissance par l'astrologie, et les courants telluriques qui déterminent l'emplacement de la plupart des édifices sacrés.

Dans la petite église pyrénéenne de Valcabrère, nous avons eu l'occasion de faire revivre un miracle. Depuis longtemps, la tradition disait qu'il se produisait des guérisons dans la crypte. Lorsqu'on y pénètre, il suffit de lever la tête pour contempler une face ronde en clef de voûte, qui vous regarde droit dans les yeux. Un ami qui souffrait d'un rhume séjourna sur le point tellurique pendant plusieurs minutes; quand il sortit de la crypte, il était guéri.

Bien d'autres lieux, en France et en Europe, ont le même pouvoir. Saint-Jacques-de-Compostelle, terme d'un des plus grands pèlerinages du Moyen Age, abrite aussi un point tellurique exceptionnel. Ces phénomènes, qui sont les expressions de l'énergie de la terre, sont aujourd'hui connus, sinon bien maîtrisés, par les scientifiques et des cartes des ondes telluriques ont été dressées.

L'éveil des Rois Mages

Sur un chapiteau de Saint-Lazare d'Autun, on voit les trois Rois Mages qui dorment dans un grand lit. Un ange, descendu du ciel, les éveille et leur montre une étoile, celle qu'ils devront suivre pour ne pas s'égarer en chemin.

Dès que les paroles du monde deviennent pour nous

une réalité, les trois Rois Mages s'éveillent et se préparent à prendre la route. Le premier roi est l'adolescent qui entre en apprentissage, le second est l'homme jeune qui accède au métier, le troisième est le Maître qui a pour devoir de transmettre l'enseignement.

C'est précisément vers le Maître d'Œuvre, dans la fraternité des bâtisseurs, qu'il nous faut à présent tourner nos regards.

DEUXIÈME PARTIE

DANS LA FRATERNITÉ DES BATISSEURS

Il faut qu'en nous s'accomplissent spirituellement les rites dont ces murailles ont été l'objet matériellement. Ce que les évêques ont fait dans cet édifice, c'est ce que Jésus-Christ, le Pontife des biens futurs, opère chaque jour en nous de façon invisible... Nous entrerons dans la maison que la main de l'homme n'a pas élevée, dans l'éternelle demeure des cieux. Elle se bâtit avec des pierres vivantes, qui sont les anges et les hommes.

Saint Bernard.

4

LE VISAGE DU MAÎTRE D'ŒUVRE

« O raisonneurs! Un simple compagnon de jadis trouvait tout de suite, en lui-même et dans la nature, cette vérité que vous cherchez dans les bibliothèques. Et cette vérité, c'était Reims, c'était Soissons, c'était Chartres, c'étaient les rocs sublimes de toutes nos grandes villes... Je rêve souvent que je les vois, que je les suis de ville en ville, ces pèlerins de l'œuvre, en mal ardent de création. Je m'arrête avec eux chez la Mère, qui réunit les Compagnons du Tour de France... J'aimerais m'asseoir à la table de ces tailleurs de pierre. »

Auguste Rodin.

A la fin du banquet, le vieux Maître d'Œuvre, qui a dirigé tant et tant de chantiers en France et en Europe, se souvient. Les jeunes frères, pleins d'enthousiasme, entonnent encore l'une des chansons rituelles de la communauté. Ils le regardent avec respect, mais aussi avec le désir de savoir un jour tout ce qu'il sait, de connaître ce qu'il a connu.

Il n'y a pas de retraite pour un Maître d'Œuvre. Jusqu'au dernier souffle, il travaille, il transmet, il enseigne. A cette même table, à Amiens, à Paris, à Clermont-Ferrand, à Cologne et dans tant d'autres « Maisons de l'Œuvre », il a reçu le message des Maîtres qui l'ont précédé et il a formé les Maîtres qui le prolongeront et, il l'espère de tout cœur, le dépasseront.

Tous les hommes qu'il a connus étaient différents, profondément différents. C'est sans doute pourquoi les communautés de bâtisseurs étaient si chaleureuses, si vivantes. Parce que la recherche de l'Œuvre commune abolissait les mensonges et la vanité des individus, elle faisait naître de vraies personnalités, des hommes irremplaçables.

Des hommes différents, mais unis entre eux de manière indissoluble. Ils apprenaient un langage commun, ils regardaient avec admiration les Maîtres tracer des plans compliqués qui deviendraient des cathédrales parce que tous participaient à la construction avec leurs connaissances du moment.

Lui, jeune apprenti, avait osé parler aux Maîtres. Lui aussi voulait un jour tracer des plans. A ses exigences, on lui répondit que les secrets du métier ne sont pas distribués aux ignorants. A lui de persévérer pendant de longues années, sans impatience mais aussi sans affaiblissement de son désir de connaissance.

Beaucoup de camarades du vieux Maître d'Œuvre s'étaient arrêtés en chemin. Ils avaient reçu, comme lui, les premières bribes de l'instruction des bâtisseurs. On leur avait appris que leur communauté avait plusieurs siècles d'existence derrière elle, que son origine remontait jusqu'à la lointaine Egypte, là où la Sagesse avait été révélée.

Les Maîtres d'Œuvre étaient des « chanoines de Pythagore », des héritiers de l'antique Science des Nombres qui, seule, peut donner naissance à des édifices harmonieux. Dans la cérémonie d'initiation, ne découvrait-on pas le genou gauche, pour rappeler que l'homme porte dans son propre corps l'angle d'équité de Pythagore?

Les religieux, à certaines périodes, avaient encouragé l'œuvre des communautés de bâtisseurs. Dans les monastères, on pratiquait tous les métiers; dans les ateliers des châteaux ou des grands domaines, des artisans avaient pu apprendre les rudiments de leur art.

En 1115, Cluny, la plus grande basilique du monde, avait réuni les meilleurs artisans de la chrétienté. Sous la férule de Hugues de Cluny, quel merveilleux chantier! De nouveau, la sculpture avait été mise au premier plan. Cîteaux ne s'était pas montré moins généreux avec les bâtisseurs. Saint Bernard, qui faisait des remontrances aux puissants de ce monde, donnait une impulsion étonnante à son Ordre, passionné d'architecture.

Mais les communautés de bâtisseurs et de sculpteurs n'avaient pas été dirigées par une autorité extérieure. Formant une société dans la société, ils appliquaient leurs lois particulières, quels que soient les règlements du monde extérieur. Protégés par le pouvoir, ils dressaient les cathédrales. Combattus ou ignorés par lui, ils se repliaient sur eux-mêmes jusqu'au retour d'une période plus faste. Mais personne ne parvint à les assujettir à une politique ou à une doctrine.

Beaucoup de gens mal informés confondaient les corporations avec les confréries de bâtisseurs. Les corporations étaient des associations, parfois purement commerciales; certaines d'entre elles s'opposaient même au travail manuel. Les guildes du Nord, par exemple, n'acceptaient que des membres ayant abjuré une profession fondée sur le travail des mains; à Damme, en Flandre, on n'acceptait comme magistrats que ceux qui s'étaient abstenus de toute activité manuelle pendant un an.

Aberrations humaines, pensait le vieux Maître d'Œuvre, qui se souvenait de ses premiers pas sur le chantier. On lui avait demandé, sans ménagements, de porter les seaux, de pousser des chariots, de manipuler des blocs, de nettoyer les vêtements des Maîtres. Si cela ne lui plaisait pas, personne ne le retiendrait.

Mais il avait compris, dès le début, qu'il y avait un mystère sur le chantier. A ceux qui lui lançaient : « Va-t'en au diable, si tu n'es pas content », il rétorquait par l'histoire qu'il avait entendue. Le diable avait voulu être apprenti maçon et il s'était fait accepter par des œuvrants, sans se douter qu'ils l'avaient reconnu. Prends le panier, avaient-ils ordonné au diable, et va puiser de l'eau. Mais le panier était percé. Trouvant le travail trop dur, Satan avait quitté le chantier.

Le jeune apprenti était resté. Malgré la sévérité des Maîtres, il les avait souvent entendus rire entre eux. Plus on grimpe dans la hiérarchie, avait-il supposé, plus on est grave et joyeux à la fois. « Lorsque Dieu eut éclaté de rire, lui avait confié un Maître, la Lumière est apparue. Si tu sais rire de toi-même, tu auras un pouvoir sur la pierre. »

La matière était difficile à travailler. Elle résistait au maillet et au ciseau, elle se rebellait. Arriverait-il un jour à sculpter cette femme si belle, ce chevalier si majestueux, parviendrait-il à dessiner une tour qui atteint le ciel? Où donc était la vérité du métier?

Elle est dans tes questions, lui dirent les Maîtres. Nul ne peut modifier la matière et l'orienter vers la perfection s'il ne s'est pas d'abord modifié soi-même. Apprends à poser les bonnes questions et la pierre se fera douce sous tes doigts.

La journée de travail était dure, « depuis le jour commençant jusques à jour faillant ». Mais il n'existait aucune règle générale; chaque métier faisait selon ses propres nécessités et selon les saisons. Il y avait aussi beaucoup de jours de repos : les fêtes, les veilles de fêtes, les dimanches, certains après-midi du samedi, les congés pour les événements de la vie familiale. La durée réelle d'une semaine normale de travail ne dépassait pas quatre jours pour ceux qui se contentaient d'exercer une profession.

Mais le Maître d'Œuvre ne s'était pas contenté de cela. La nuit venue, il avait été autorisé à se diriger vers un bâtiment dressé le long de la cathédrale en construction. Là, il avait passé des heures exaltantes à apprendre l'art du Trait, l'art du symbole, à dégrossir son esprit comme il dégrossissait les pierres.

A cette science de la vie qui, peu à peu, s'amplifiait en lui, on lui demandait d'ajouter une conduite irréprochable. Point de morale dans cette exigence, mais une fidélité au Métier, qui exige l'impeccabilité de l'être dans tous les domaines. « Voici la loi sous laquelle tu vas combattre, lui avait-on dit; si tu peux l'observer, entre; si tu ne le peux pas, pars en liberté. » Au futur moine, on adressait les mêmes paroles. Contre la vanité de l'individu, le travail manuel est le meilleur remède. Devant les forces naturelles, les lois physiques auxquelles il est obligé de confronter ses prétentions, il apprend vite à séparer le pur de l'impur. Le sculpteur qui taille un chapiteau s'éprouve lui-même; en ennoblissant la matière pour la rendre parlante, il s'ennoblit lui-même.

Dans la communauté, pas de diplômes ni d'esprit de compétition. Personne n'a le droit de faire ceci ou cela. Ce qui lie entre eux les bâtisseurs, c'est le Devoir, le Devoir d'être, de créer. La Fraternité, hors des conventions et des systèmes sociaux, entretient une communion réelle entre les œuvrants. Prouver, avoir raison, faire son travail mieux que l'autre : tout cela est sans importance, tout cela appartient à un monde où seule compte la gloriole individuelle qui mène fatalement à la destruction du divin en soi.

L'initiation avait complètement modifié la vie et la pensée du Maître d'Œuvre. Il se souvenait de ce moment du rituel où l'on disait des paroles que les chrétiens, eux aussi, avaient connues : « O mystères vraiment saints! O lumière sans mélange! Les torches m'éclairent pour contempler les cieux... et Dieu, je deviens saint par l'initiation! » (*Protrepticus* XII, 119,3 et 120,1).

Le grand Benoît, mort en 543, avait fait des monastères l'« école du service divin ». Le Maître instruisait les disciples, leur donnant des livres à lire, leur faisant découvrir leur véritable nature à travers les symboles.

Sur le chantier s'ouvrait chaque jour l'école du service de l'Œuvre. L'homme ne se fait pas de lui-même, disait-on, il est fait par la matière qu'il travaille et par les Maîtres qui l'éveillent à la lumière. L'initiation est nécessaire pour mourir au mortel et naître au vivant.

Qui veut devenir Maître le peut, proclament les Statuts de l'Ordre des constructeurs, à condition qu'il connaisse le métier. Métier et mystère sont une seule et même chose.

Lorsque plusieurs années d'apprentissage se sont écoulées, avec leur cortège de joies et de déceptions, d'espoirs comblés et déçus, d'enthousiasme et de fatigue, on demande à l'apprenti de préparer un chef-d'œuvre, s'il désire s'élever dans le métier. Une sculpture, une charpente en réduction, une ébauche où sont appliquées les lois de la géométrie sacrée... Un chef-d'œuvre que son auteur sera capable de faire parler devant trois Maîtres au regard sévère, dans une salle où plusieurs œuvrants tenteront de réussir la difficile épreuve.

Le vieux Maître d'Œuvre avait eu peur, grand-peur, lors de cette nuit où son chef-d'œuvre avait été examiné. Que de remontrances, que de critiques sur lui-même et sur ce qu'il osait montrer à ses Maîtres. Quand on l'avait accepté dans la communauté des Compagnons, il était resté muet de stupéfaction.

C'est alors qu'on lui avait donné son nom secret d'initiation. Il cessait définitivement d'appartenir au monde extérieur. Le plus difficile commence, lui avaient dit les Maîtres. A présent, tu devras supporter ton Nom. Le secret ne réside pas dans nos mots de passe, dans nos signes inconnus du profane; le secret réside dans le Nom de chaque chose et de chaque être. Tu es né à ton Nom, tu es né de la Communauté des œuvrants; sache t'en montrer digne, ou bien il t'écrasera sous son poids.

Le nouveau Compagnon ne s'était pas cantonné dans ses seuls dons; il avait goûté de la taille de la pierre comme de celle du bois, du vitrail comme de la peinture. Voyage à travers les diverses expressions du métier, mais aussi voyage à travers les provinces de France et même d'autres pays. Il alla de ville en ville pour apprendre, comprendre, connaître ses frères en Devoir, apprendre d'eux l'expérience acquise. « Telle est la vie du Devoirant, qui s'en va chercher la science, dit la chanson rituelle; et s'il acquiert le vrai talent, la canne en est la récompense. »

Point de frontières pour les hommes de métier; partout où ils passent, ils laissent gravés dans la pierre des signes qui sont autant de marques d'appartenance à une communauté, mais aussi d'enseignements géométriques.

Partout où il passe, le Compagnon s'aperçoit que le Maître d'Œuvre est l'âme du chantier, celui sans lequel les pierres ne s'aimeraient pas entre elles. Partout, on affirme que la construction n'a pas d'âme si l'architecte est ignorant. Celui qui ne conçoit pas l'édifice en pensée avant de le manifester dans la pierre ne transmettra qu'une technique.

Pendant son Tour de France et ses multiples voyages, le Compagnon s'entretient avec des moines, écoute les leçons données par les clercs, parvient à recueillir l'enseignement de certains abbés qui ont accédé à la fonction de Maître d'Œuvre. Le Compagnon découvre le monde, il sait à présent qu'il est une parole de Dieu. Une parole capable de féconder la pierre.

Un jour, le Compagnon est convoqué à la Maison des Maîtres d'Œuvre. Son cœur bat la chamade. C'est précisément le jour où, selon un rituel secret qui remonte à l'ancienne Egypte, on forme de nouveaux Maîtres, on les crée et on les constitue.

Les Maîtres lui font passer une épreuve d'une incroyable difficulté, en l'interrogeant aussi longuement qu'il est nécessaire sur sa conception du métier, sur ses connaissances symboliques, sur ses aptitudes techniques. Sur des reliques, le nouveau Maître d'Œuvre jure d'observer les règles de la communauté. Il rend ensuite visite au Grand Maître du métier qui, de l'intérieur de sa maison, lui pose un certain nombre de questions.

Une fois les réponses justes données, le nouveau Maître, muni d'un pot de terre neuf rempli de noix, le brise contre le mur, puis entre. Ce rite du « bris du vase » est connu depuis l'Egypte ancienne. C'est mettre fin aux forces contraires qui « nouent » la faculté de maîtrise; la noix, image de la pensée créatrice, est ainsi libérée. Puis le Grand Maître offre à son nouvel égal le feu et le vin, lui communiquant ainsi l'énergie qui lui sera nécessaire pour diriger les chantiers qui, désormais, l'appelleront.

Le Maître a le devoir d'assister aux assemblées du métier, de prendre part aux élections, de veiller au destin de sa communauté. Il siégera dans les conseils qui admettront à la maîtrise de nouveaux Frères.

Dès son arrivée dans la ville où l'on construit un sanctuaire, le Maître d'Œuvre prend contact avec les autorités civiles et religieuses. Il doit s'occuper des problèmes de financement, régler les questions concernant l'ampleur de la construction.

Ces tâches matérielles achevées, le Maître d'Œuvre réunit ses Compagnons et fait dresser un bâtiment clos qui sera interdit à ceux qui ne font pas partie de la communauté. Là, on rangera des livres, les outils et l'on se réunira pour travailler.

Vient le jour merveilleux de l'inauguration du chantier, en présence de l'évêque et du représentant du roi, parfois du roi lui-même. Vêtu de la longue robe, le bonnet symbolique sur la tête, la longue canne à la main, le Maître d'Œuvre met les œuvrants à l'Œuvre. La grande aventure renaît mais, cette fois, il porte la responsabilité de sa réussite ou de son échec.

Le Maître d'Œuvre, comme chacun de ceux qui travaillent sous ses ordres, sait qu'il faut passer par la matière pour découvrir l'esprit. Il n'y a pas, pour lui, travail spirituel d'un côté et travail matériel de l'autre; il n'existe que la cathédrale qui s'édifie et qui unifie les êtres et les choses.

Aussi la « façon de faire », la manière de se comporter envers soi-même et envers autrui lui paraissent-elles essentielles. L'ouvrier très habile ou celui au mental très rapide ne sont pas toujours dignes d'entrer sur le chantier. Le Maître d'Œuvre préfère la Connaissance au savoir, la compréhension de l'intérieur à l'agilité manuelle ou intellectuelle.

Réussir sans vivre ne conduit pas à la maîtrise. L'apprenti qui échoue et qui médite sur ses erreurs pour progresser est sur la bonne voie; c'est dans ses erreurs rendues conscientes que l'initié trouve la vérité de demain.

Quand un œuvrant se vante de son savoir dans une taverne de la cité, le Maître d'Œuvre est sans pitié : si l'imprudent viole une seconde fois la règle sacrée de l'anonymat et de l'humilité, il quittera le chantier. Ne comprends-tu pas, lui dit-il, que seule importe l'idée à transmettre et non qui la transmet?

Des fautes plus graves encore peuvent être commises; par exemple, lorsqu'un artisan inattentif gâche une sculpture en voie d'achèvement. La mort dans l'âme, il prévient le Maître d'Œuvre. On place alors la pierre abîmée sur un brancard et on la couvre d'un voile noir.

Pour célébrer la mort de la pierre, le Maître d'Œuvre organise une procession. Le travail s'arrête sur le chantier, les œuvrants se réunissent. En tête de la procession marche le coupable, vêtu d'habits de deuil. On va ainsi jusqu'au cimetière où la pierre défunte sera enterrée.

Les moments de joie communautaire effacent ces tristes événements. Chaque communauté a un saint patron dont elle célèbre la fête, annoncée dans les rues de la cité et à tous les carrefours. Les tailleurs de pierre sont protégés par les « Quatre couronnés » que l'on voit représentés à une clef de voûte de l'église de Chars. Leurs noms n'ont été révélés que par Dieu.

Le Maître d'Œuvre aurait lu d'un œil amusé la lettre patente de Charles IX en date du 5 février 1561 : « Les gens de métier faisaient des royautés (c'est-à-dire des rites satiriques conduits par un roi) certains dimanches et fêtes et, en ces jours, faisaient porter par des personnes habillées en masques ou d'une autre manière extravagante des pains bénits ornés de petites bannières diversement peintes; qu'ils les faisaient conduire avec des tambours et des fifres suivis d'un grand nombre d'artisans souvent armés depuis la maison de celui qu'ils appelaient Courier de la Confrérie jusqu'aux églises où le service se devait faire et, après le service, ils retournaient dans le même équipage dans les maisons des couriers ou aux cabarets où ils avaient fait préparer le festin. »

En construisant la cathédrale, le Maître d'Œuvre veillait à ce que les hommes se construisent. Les doctrines ne l'intéressent pas; seul est créateur le geste de la pensée. Les œuvrants deviennent peu à peu les témoins de l'Œuvre qui s'accomplit devant eux, par eux, en eux.

« Ecoute, mon Frère, dit-il au plus jeune apprenti, les préceptes du Maître; devant lui, incline l'oreille de ton cœur; ne crains pas d'accueillir l'avertissement d'un père et de le suivre. »

Le Maître d'Œuvre connaît les sciences sacrées et profanes, il s'est rompu aux disciplines les plus ardues. C'est par le maniement du Verbe qu'il entretient la vie du chantier. Comme l'écrivait un observateur, « dans ces grandes constructions, il y a d'ordinaire un maître principal qui, seul, les ordonne par la parole ».

L'une des tâches les plus lourdes du Maître d'Œuvre était d'assurer l'intégration de chacun à l'édification du chef-d'œuvre. Les sculpteurs, mettant au jour un « programme » symbolique, se demandaient parfois s'ils n'étaient pas des copistes et si une imagination débridée ne leur serait pas plus profitable.

« De quel profit parlez-vous? leur répondait le Maître d'Œuvre. Ici, nous n'avons à tirer profit ni de l'Œuvre à accomplir, ni de nos Frères. Nous nous donnons, sans espoir de récompense. Si vous vous considérez comme des copistes, vous l'êtes. Sinon, communiez avec le symbole, rectifiez-vous sans cesse

Louviers.
Le pélican se déchire la poitrine pour donner son sang à ses trois petits : acte royal du sacrifice, qui a pour support une couronne. Le Un nourrit le Trois, la Vie en esprit éveille la conscience.

en faisant jaillir la lumière cachée dans vos mains. »

Le Maître d'Œuvre est un père bienveillant qui veille à la santé morale et physique de ses fils, les bâtisseurs. Quand un charpentier tomba d'un échafaudage, à Paray-le-Monial, on alla chercher en toute hâte l'abbé Hughes. Toutes affaires cessantes, ce dernier se rendit sur le chantier et versa sur l'œuvrant, qui agonisait, un peu d'eau bénite. Il implora le Haut Maître pour celui qui travaillait à sa gloire. Quelques instants plus tard, le charpentier se relevait guéri et repartait au labeur.

Le Maître d'Œuvre n'est pas un individu, mais une personne. *Persona*, en latin, signifie « masque ». De fait, le Maître d'Œuvre porte le masque de la maîtrise, de l'exemple qui stimule ses Frères. Lui, il n'a pas droit au désespoir, à la fatigue, au doute. Pour tous ceux qui sont sur le chantier, il est un visage hiératique et serein, éternellement semblable à lui-même, tel un prêtre de l'ancien monde célébrant les mystères.

Une cathédrale, même achevée, n'est pas la Cathédrale. La fin d'un chantier marque le début d'un autre. Les bâtisseurs sont des errants qui laissent derrière eux des temples, des églises, des palais. Le Maître d'Œuvre reprend son bâton de marche qui est aussi la règle où sont inscrits les secrets des proportions harmoniques.

Recréer, unifier, rassembler; ces tâches sont toujours présentes à l'esprit du Maître d'Œuvre. Le prodige accompli par un chantier de cathédrale est de réunir tous les arts, toutes les expressions du génie humain. Il est le creuset où celui qui recherche une transmutation trouve sa propre voie en communion avec ses Frères et grâce à une mise à l'épreuve permanente.

Le Maître d'Œuvre se souvient du récit d'un Maître charpentier, qui répondait ainsi à un roi qui lui demandait de révéler ses secrets : « J'allai dans une forêt de la montagne et me mis à observer la nature des arbres. Ce ne fut que lorsque mes regards tombèrent sur des formes parfaites que la vision de mon support surgit en moi et que je commençai à y mettre la main. Sans cela, c'en aurait été fait de mon travail. C'est sans doute grâce à la conformité parfaite entre ma nature et celle de l'arbre que mon œuvre paraît être celle d'un dieu. »

Point de vanité ni de modestie, mais orgueil et humilité. Orgueil noble, parce que l'œuvre est là, offerte à tous; humilité parce que la perfection sera toujours plus parfaite, demain, dans la création d'une œuvre différente.

Maître de l'Œuvre, est-ce vraiment possible? Ne pas rester à la surface, pénétrer au cœur de la pierre, au centre de la matière et de l'être... Non, c'est l'Œuvre qui est souveraine des œuvrants, c'est elle qui exerce sa maîtrise sur le monde pour que nous nous reconnaissions en elle.

S'il porte la cathédrale sur ses épaules, s'il parvient à supporter l'énorme poids de sa fonction, c'est parce que le sanctuaire l'élève au-dessus des phénomènes apparents. Ses maîtres étaient l'esprit de la communauté, le sourire confiant qui effaçait le doute, qui faisait se mouvoir les mains et danser les pierres. Puisse-t-il s'être montré digne de leur exemple, puisse-t-il avoir été un homme sans histoires et sans histoire, sans biographie.

Lorsqu'il contemple la cathédrale, le vieux Maître d'Œuvre murmure : « O Christ, rends la lumière à tes fidèles. Enseigne-nous à frapper le silex pour découvrir dans la pierre le germe des clartés. L'homme ne doit plus ignorer que, dans le corps du Christ, obscur, gît la Lumière secrète. Il a voulu être appelé pierre immobile, lui auquel les feux fragiles doivent leur Etre. »

Il se souvient du chapiteau de l'église Sainte-Croix, à Oloron-Sainte-Marie, où le Maître d'Œuvre présente le plan du temple. D'une main, il tient celle d'un Compagnon alors qu'un second Compagnon apporte la pierre angulaire, celle d'où naîtra l'édifice entier. Une pierre née de la tradition léguée par les Anciens et ressuscitée à chaque fois que les hommes se mettent au service de l'Œuvre.

Après avoir présidé à tant de naissances, après avoir révélé à eux-mêmes tant d'hommes et de pierres, le Maître d'Œuvre se prépare à son ultime voyage. La mort n'existe pas. Il a vécu la mort lors de ses initiations successives, il l'a vaincue sur cette terre. Simplement parce qu'elle n'existe pas.

Il contemple les pierres tombales des Maîtres d'Œuvre. De grandes dalles, parfois enchâssées dans le sol même des églises, où le visage recueilli du Maître disparu n'est pas celui d'Un tel ou d'Un tel, mais le visage du Maître d'Œuvre éternel qui renaît en chaque nouvel apprenti, au début du chemin.

L'homme gravé dans la pierre tient la canne, la règle, le compas, l'équerre, le niveau qui lui ont servi à lire le livre ouvert de la nature et à ouvrir le livre fermé du mystère. Des outils de fonction, des instruments de création utilisés par ses prédécesseurs et légués à ses successeurs.

La canne rythme la marche, sur le sentier étroit de la Connaissance; la règle atteint les hauteurs du ciel et les profondeurs de la terre; compas et équerre tracent l'épure, traduisant en langage géométrique les lois impérissables. Le niveau permet de les manifester et de les rendre perceptibles à tous les hommes.

Le visage du Maître d'Œuvre est parfois inscrit au centre d'un labyrinthe, au cœur de la Jérusalem céleste. Symbole de l'Homme accompli, il rassemble en sa Personne les corps de métier et les potentialités créatrices des êtres.

Les saisons se sont écoulées, au rythme des chantiers d'Ile-de-France, d'Alsace, du Languedoc, d'Allemagne, de Hongrie... Son corps a vieilli, peut-être, mais ni son âme ni son esprit. Au contraire, plus ses connaissances s'accroissaient, plus son expérience de l'homme et de la matière s'amplifiait, plus son regard se rapprochait du premier matin du monde, de l'aube de toutes choses.

Dans les miniatures, on représente l'univers comme une série de cercles s'emboîtant les uns dans les autres : les cercles des dieux et ceux des hommes communiquent. Ils ne se sont pas séparés parce que le Maître d'Œuvre connaît les centres, les surfaces et les rayons, parce qu'il veille à ce que les chaînes d'union entre les vies ne soient pas brisées.

A Troyes, dans l'église Sainte-Madeleine, des Maîtres verriers ont créé des vitraux alchimiques de la création du monde. On y voit Dieu qui donne naissance à neuf cercles, les dilate, y place les éléments de la manifestation, la terre, les quatre orients du monde. Parmi les inscriptions qui commentent les scènes, on peut lire : « Comment il te faut refaire. »

Admirable synthèse de la vie d'un Maître d'Œuvre. « Métier vaut baronnie », dit un célèbre dicton de la confrérie des bâtisseurs. « Conserver le bien du maître » est la règle de vie la plus importante, car elle est source de toute royauté.

Le premier Maître d'Œuvre, dit la légende, est celui qui construisit une hutte de branchages au moyen d'une idée nouvelle : boucher les interstices de la demeure avec du mortier fait de terre et d'eau. Ce travail avait un modèle, celui des hirondelles, admirables architectes. Or, dit la tradition, les hirondelles ne sont pas des oiseaux ordinaires, mais les âmes des rois morts qui vont de la terre au ciel puis du ciel à la terre pour révéler aux initiés les mystères d'en-haut.

Ce chantier-là, le Maître d'Œuvre sait qu'il n'en verra pas la fin. Ses forces l'abandonneront avant. Mais l'important est que le chantier aille jusqu'à son terme, que la communauté, une fois encore, accomplisse sa fonction. Le Maître succédera au Maître.

★

Pendant l'âge d'or des cathédrales, le pouvoir politique, les autorités religieuses, les ordres chevaleresques participèrent à l'épopée des bâtisseurs. Tout se conjugue pour faire aboutir l'immense effort de construction, pour que le divin habite sur la terre.

Avec un tyran fou, nommé Philippe le Bel, le réveil est brutal. Obsédé par l'argent, névrosé, mal entouré, il s'attaque avec violence aux Templiers, supprime les confréries dont les secrets l'irritent. Si l'on connaît bien le massacre des Templiers, on sait moins que Philippe le Bel fit assassiner des maîtres de confréries et de corporations et vola leurs biens.

De nombreux bâtisseurs se dispersèrent en Asie Mineure où ils trouvèrent refuge dans des commanderies templières. Ils devinrent les « Compagnons étrangers », qui donnèrent naissance à la Franc-Maçonnerie initiatique.

Si le sombre XIVe siècle connaît encore d'importants chantiers, le grand élan est brisé. La grande peste de 1348-1350 frappe l'Occident en plein cœur, décimant les campagnes et les villes. Des communautés entières de constructeurs disparaissent. A la fin du siècle, en Allemagne, on voit apparaître des « arts de mourir », des gravures où l'on s'adonne à la description de l'agonie. L'art de vivre des Maîtres d'Œuvre est remplacé par une passion morbide de la mort dans son aspect le plus stérile.

Des convulsions internes agitent l'Eglise. L'Eglise des XIe et XIIe siècles n'était pas un « bloc » uniforme, avec un pape tout-puissant et une dogmatique intangible. Ce qu'on nomme « l'hérésie » avait un certain droit de cité et des courants de pensée très divers – dont celui des constructeurs de cathédrales – formaient cette religion complexe.

Au durcissement progressif de l'Eglise, marqué notamment par l'extermination des Cathares, succédera la décomposition interne du XIVe siècle. Hérésies et sectes se dressent contre les ecclésiastiques en place qui jouent sur l'angoisse de la mort pour garder leurs croyants.

XVIe et XVIIe siècles porteront des coups mortels à l'esprit qui avait présidé à l'édification des cathédrales. Quelques jalons suffiront pour comprendre.

Le premier d'entre eux est la mentalité de la Renaissance, si mal nommée. Avec cette période s'affirment les affaires pour les affaires, le profit pour le profit. Marchands, usuriers et financiers prennent le pouvoir, les prêtres sont rejetés dans leur croyance, les chevaliers doivent s'intégrer au monde de l'argent ou disparaître. Pour Duby, le « progrès » de la fin du Moyen

Age peut être ainsi formulé : l'artiste « ne fut plus l'auxiliaire d'un sacerdoce. Il se mit au service de l'homme ». C'était bien la fin, en effet, d'un art qui « parlait le monde ».

Le Concile de Trente, désastreux pour le christianisme, décida que le seul art désormais autorisé par l'Eglise serait un art « religieux » où l'on ne représenterait plus que des sujets comme le Christ, la Vierge, les saints, etc. Les hommes d'Eglise n'auront plus de contact avec les Maîtres d'Œuvre, ils ne pourront plus être initiés dans des communautés de bâtisseurs. L'autoroute menant au style saint-sulpicien était ouverte.

En 1565, dans la *Sommaire exposition des ordonnances du roi Charles IX*, l'avocat Joachim du Chalard écrit : « Toutes confréries, par les ordonnances du roi François Ier, étaient abolies parce qu'elles tendent plus à quelque superstition extérieure, monopoles, débauches et frais, qu'elles n'ont forme de bonne et vraie religion... le naturel de tels artisans et gens méchaniques est si peu docile... »

En 1613, un autre juriste, du nom de Loyseau, traite le travail manuel d'occupation « vile, sordide et déshonnête ». En 1672, le mot « artiste » apparaît dans le dictionnaire de l'Académie, entérinant l'existence de quelqu'un qui s'occupe d'art et n'est plus un artisan.

L'art et le métier sont donc séparés, l'apprentissage de l'Œuvre est relégué dans des « sociétés secrètes ». L'art dit « moderne » naît au XVIe siècle dans ce climat de mort spirituelle, où l'intelligence de la main n'est plus une valeur fondamentale de la civilisation. Les impasses actuelles de cet art « moderne » suffisent à montrer que l'on redécouvrira bien un jour le message des Maîtres d'Œuvre.

Dans l'ordre de la technique, les connaissances des bâtisseurs médiévaux n'ont pas disparu. Les Compagnons du Tour de France ont recueilli l'héritage de leurs pères, ils continuent à pratiquer l'art du Trait. Caressant les pierres du pont du Gard avec tendresse, le Compagnon lui dit : « Je suis là, je te succède, je te continue! », car il fait toujours Un avec l'œuvre.

« Je crois voir ces lointains ancêtres, dit un Compagnon tailleur de pierre de la cayenne de Lyon, nommé La-Gaîté-de-Villebois, car nous, les compagnons de la pierre, nous sommes les fils spirituels de ces géants, je crois les voir au soir d'une de ces victoires sur la matière immobile, sans gestes vains, sans discours ni fanfares mais, une flamme orgueilleuse en leurs yeux, ils contemplaient leur œuvre et demandaient aux dieux la force de faire mieux encore. »

Louis Gillet, conservateur de l'abbaye de Chaalis, assista avec peine au décollement de l'arêtier d'une voûte, dans une chapelle du XIIe siècle. Faisant appel à un « maçon du pays », il regarda avec stupeur l'artisan utiliser les mêmes outils que ses frères du Moyen Age et faire preuve d'une extraordinaire maîtrise. « L'accident, nota Gillet, ne le surprit pas plus que le remède ne l'embarrassa. »

Le Maître d'Œuvre et sa communauté accomplissaient un véritable acte de création. Ce qu'ils appelaient le *Métier*, le *Devoir*, l'*Œuvre*, étaient autant de moyens d'entendre la voix du Temple. Art de bâtir la cathédrale et art de construire l'homme n'étaient pas dissociés.

Si les techniques des bâtisseurs médiévaux ont été conservées par les Compagnons du Tour de France, la transmission de l'ésotérisme et de la symbolique des Maîtres d'Œuvre a suivi des voies plus sinueuses. Quelques cayennes compagnonniques ont préservé ces valeurs, ainsi que de très rares loges maçonniques. Si la Franc-Maçonnerie, dans son ensemble, s'est orientée vers des préoccupations qui n'ont plus guère de rapports avec l'initiation des Maîtres d'Œuvre, il n'en reste pas moins que quelques communautés ont su préserver les anciens rites, les interroger et faire re-

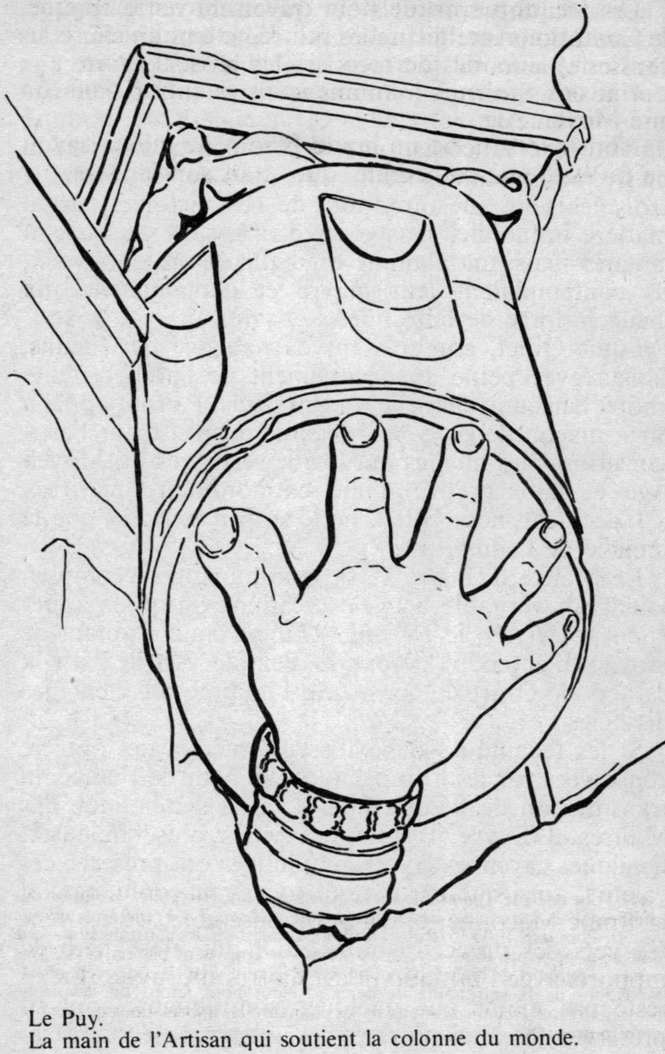

Le Puy.
La main de l'Artisan qui soutient la colonne du monde.

naître des hommes dans un temple authentique (1).

Les courants spirituels qui traversent notre époque, les mutations intellectuelles qui remettent en cause les fausses valeurs des derniers siècles laissent croire aux optimistes que nous commençons à entrer dans un pré-Moyen Age.

Nous avons donc un grand besoin de mieux savoir ce qu'était une cathédrale, quel était son langage.

(1) Pour une vue d'ensemble sur la question et une étude sur l'évolution des communautés initiatiques en Occident, voir C. Lacq, *La Franc-Maçonnerie, histoire et initiation*, 1975, Robert Laffont. Le message des constructeurs – que l'on nous permette d'insister sur ce point – n'appartient pas au passé. Des cercles d'étude et de recherche continuent à le faire vivre afin de préparer les fondations de la spiritualité de demain. Nous nous ferons un devoir de transmettre aux lecteurs désireux de les connaître les informations qui sont en notre possession.

5

NOTRE MÈRE LA CATHÉDRALE

> *« Ville heureuse, Jérusalem, ton nom est vision de paix, toi qui t'élèves dans les cieux, toi faite de pierres vivantes... Du ciel tu descends, épouse promise du Seigneur. Le fondement, la pierre d'angle, c'est le Christ, envoyé du Père. O ville, en assemblant les murs, le Christ unit la Cité sainte et le croyant qui le reçoit découvre en son Dieu sa demeure. »*
>
> *Analecta Hymnica*, LI, n° 102

Notre-Dame de pierres

Toutes les cathédrales sont dédiées à Notre-Dame. Notre-Dame n'est pas morte. Elle est simplement endormie, elle est la « Belle au bois dormant » des Contes, la Mère des Compagnons qui accueille les bâtisseurs à la cayenne, au soir de la journée de travail.

La cathédrale est le corps éternel, impérissable, de Notre-Dame. En lui, le temps ne s'écoule pas. Il s'y passe un phénomène beaucoup plus important, celui des mutations. L'univers est en perpétuelle transformation; l'homme, qui est l'un des lieux de l'univers, change sans cesse, lui aussi. Ou bien il subit sans conscience ces modifications, ou bien il en demande la clef à la cathédrale.

Au cœur de la roue, en effet, il y a le moyeu. Immobile, il est la cause du mouvement. Mouvement de pierre, la cathédrale est au cœur des mutations. Par elle, l'univers qui est en l'homme demeure cohérent.

Le Moyen Age, comme les civilisations traditionnelles, pense qu'il n'y a pas de tâche plus vitale que de concilier l'immuable et le mouvant, de réussir la « conciliation des contraires », qui est le premier pas de l'initiation, la première opération du Grand Œuvre alchimique. En cas d'échec, l'homme se brise en « esprit » et en « matière », la société s'enfonce dans la politique, l'économie, les conflits internes où les hommes étouffent.

L'enseignement traditionnel est clair : il existe deux cités. Celle des cieux et celle de la terre. Rien ne pourra corrompre la première, rien ne pourra la détruire; la seconde est l'œuvre des civilisations, toujours remise en question, toujours à réédifier.

Cité céleste, cité terrestre

La cité de Dieu est la cathédrale de l'univers. Les rythmes y sont immuables : mouvement éternel des planètes, cycle du soleil, phases de la lune, lois du cosmos dont les variations elles-mêmes correspondent à une harmonie créée par l'Architecte des mondes. Elle est le lieu de la vérité dans son rayonnement, le temple qui se révèle quand nous levons les yeux vers lui.

L'homme a la tête dans le ciel et les pieds sur la terre. Il est donc nécessaire que ce support ne soit pas chaotique; sinon, malgré ses perceptions d'origine céleste, l'homme s'effondrerait.

Aussi faut-il construire sur la terre des temples, des cathédrales, des Notre-Dame afin que le monde d'en-bas soit en correspondance avec le monde d'en-haut. Ainsi, chacun aura devant les yeux une image de l'architecture secrète du monde et pourra consacrer sa vie à la déchiffrer.

La cathédrale rend l'univers perceptible, car elle l'organise selon le Verbe et non selon un quelconque rationalisme. Elle n'est pas un bâtiment administratif qui abrite un code périmé dès sa naissance, mais un corps vivant de pierres qui parlent.

Cité céleste et cité terrestre communiquent grâce au travail des Maîtres d'Œuvre et de leurs communautés de bâtisseurs. S'il existe des cloisons, inhérentes à la nature même des choses, elles ne sont pas opaques mais transparentes. Elles n'arrêtent pas le rayonnement, pas plus que la matière n'arrête la Lumière. Malgré leur différence d'être, les anges et les hommes peuvent former une chaîne d'union.

La responsabilité des civilisations et des individus est donc totale; c'est à eux de ne pas obscurcir la fraternité entre cité céleste et cité terrestre. Lorsque Charlemagne faisait construire la cathédrale d'Aix-la-Chapelle, il avait parfaitement conscience de manifester sur terre le royaume de Dieu. Prenant modèle sur un plan d'église ancien, il prolongeait la tradition et sacralisait son temps.

Les Maîtres apprenaient d'abord à connaître les lois d'harmonie. Par l'initiation, ils accédaient à l'état d'être nécessaire pour en prendre conscience. Ensuite, le métier appris au fil des années leur permettait de manifester dans la pierre ce qu'ils avaient perçu, de montrer à l'homme la voie à suivre.

Aujourd'hui, nous suivons une démarche inverse. Lorsque nous sommes devant la cathédrale, lorsque nous pénétrons en elle, tout notre être est pris dans un réseau de sensations qui nous amène à nous poser des questions : qui sommes-nous donc, pour oser pénétrer en ces lieux, que cherchons-nous, ici? La beauté des Notre-Dame de pierres ne doit pas rester une simple satisfaction esthétique. Elle provoque un choc nécessaire, elle nous révèle notre propre noblesse.

Bien sûr, il y a la perfection des courbes, des voûtes, l'enchantement des sculptures, la sérénité des murs, les jeux de lumière où le pèlerin trouve naturellement sa place. Ressentir tout cela ne constitue qu'une première étape. Pour le Moyen Age, la destinée humaine ne provoque guère d'angoisses, tant elle est claire : nous venons de Dieu et nous y retournons. Naître, c'est mourir à Dieu. Mourir, c'est renaître en lui. Le temps de notre passage ici-bas n'est pas dépourvu de signification; nous avons à collaborer à l'Œuvre de l'Architecte des mondes, à la prolonger sur terre.

Les cathédrales sont des boussoles, des bornes indicatrices, des repères dans la forêt des symboles. Passé, présent et futur sont réunis en elle, puisqu'elle est l'aboutissement des efforts des anciens bâtisseurs et le point de départ des constructeurs de demain. Dans les cieux, les justes ont pris place auprès du Haut Maître. Ils continuent à être présents parmi nous en orientant la pensée des Maîtres d'Œuvre. Souvent, des êtres de l'au-delà reviennent sur terre pour indiquer aux vivants les emplacements des futures églises. Les ancêtres sont également présents par les reliques, vénérées dans une crypte, situées au centre de la terre, dans la nuit de la Vierge qui va enfanter. Cette crypte continue à faire vivre la grotte sacrée où est né Jésus, où Mithra, Tammuz, Adonis et tant d'autres dieux ont vu le jour.

Le symbole de la cité céleste est bien antérieur à l'époque médiévale. A la Babylone terrestre correspondait une Babylone cosmique. En Egypte, les textes sacrés parlent souvent de la cité sainte. A propos de la grandiose Thèbes d'Egypte, où l'on peut encore contempler les temples de Karnak et de Louxor, il était dit : « On l'appelle l'Orbe de la terre entière. Ses pierres angulaires sont placées aux quatre piliers. Elles sont avec les vents et elles soutiennent le firmament de Celui qui est caché. » Dans le *Liber Scivias* de l'abbesse Hildegarde de Bingen, la manière dont la Jérusalem céleste a été représentée est tout à fait conforme aux lois du dessin égyptien; de même dans un *Beatus* espagnol, où la cité céleste est représentée avec portes et murailles rabattues autour du carré central.

Hauteur et profondeur, Notre-Dame corporise la Sagesse, l'Epouse céleste du Maître d'Œuvre. C'est dans la cathédrale que peut s'accomplir le mariage entre l'Homme et la création.

Passager de l'univers

Au moment où le christianisme devient religion d'Etat, avec ses dogmes, ses lois et ses armées, la notion d'Eglise a deux valeurs bien différentes, qui sont alors complémentaires. L'Eglise est, d'une part, la communauté dirigée par un Ancien et, d'autre part, la société catholique (c'est-à-dire à prétention universelle) des fidèles. Les cathédrales du Moyen Age incorporent ces deux significations. Elles sont à la fois l'église du lieu, de la cité grande ou petite où elles sont érigées, et l'expression de la cathédrale de l'univers, un royaume total.

Quand nous visitons le Sacré-Cœur, Saint-Sulpice et les constructions du même style, nous sentons aussitôt qu'elles « datent », qu'elles sont engluées dans une époque qu'elles n'ont ni sanctifiée ni dépassée. Ces pierres-là ne sont que des cailloux. Elles n'ont rien à dire.

Quand nous avons la chance de pénétrer dans un temple ou dans une cathédrale, nous savons aussitôt que nous devenons passager de l'univers. Les piliers nous donnent la force de l'éternité, les colonnes nous redressent et nous modèlent sur l'axe cosmique, ces nervures permettent aux fils de notre pensée de s'entrecroiser correctement, ces chapiteaux éveillent notre intelligence en dialoguant avec elle.

La Jérusalem céleste devient tangible par la matérialisation de la cathédrale. Elle lui enseigne les vertus nécessaires en ce monde, les vices qui détériorent l'âme; elle lui indique le chemin de la création, du plus profond de la crypte au plus haut des tours. Dans sa mère la cathédrale, l'homme n'est plus un passant égaré mais un voyageur qui connaît la carte du monde, un hôte privilégié auquel on offre les plus grandes richesses.

Quiétude, mais non paresse. Notre-Dame exige une Quête vécue, un effort permanent, un don de soi qui est la seule véritable prière, parce qu'elle ne demande rien et offre tout, sans chercher de bénéfice.

Le livre du monde

La cathédrale, dans ses sculptures et dans sa géométrie, contient l'alphabet nécessaire pour déchiffrer le livre qu'elle incarne. Livre ouvert, car offert aux yeux de tous : livre fermé, car notre pensée et notre vie doivent être en harmonie avec le message de la cathédrale si nous désirons le percevoir.

Les pierres composent un texte sacré, un langage particulier auquel il faut s'adapter par une conversion du regard. Chaque homme possède en lui un signe, une lettre de l'alphabet. Seul, il ne peut rien. A lui de l'assembler avec les signes inscrits dans la cathédrale par une communauté d'initiés qui, à travers les chapiteaux sculptés, lui offrent l'expérience de plusieurs vies.

Dans une société profane, les lettres du livre sacré sont si dispersées que ce dernier devient inintelligible. Dans la cathédrale, au contraire, tout est ordonné pour nous permettre de voir, de lire, de comprendre. Dans ce monde harmonique, chaque chose est à sa place, chaque état d'être est situé selon sa juste valeur dans l'échelle qui conduit de la terre au ciel. La lettre nouvelle, la pierre inédite, c'est le pèlerin qui entre dans le sanctuaire avec le désir de Connaissance. A son tour, il pénètre au cœur du Livre, le complète avec sa propre conscience.

« Ce qui rayonne ici, au-dedans, la porte dorée vous le présage », affirmait un texte inscrit sur la façade de Saint-Denis; « par la beauté sensible, l'âme alourdie s'élève à la véritable beauté, et de la terre où elle gisait engloutie, elle ressuscite au ciel en voyant la lumière de ses splendeurs ».

Lors de la dédicace d'une cathédrale, les hommes du Moyen Age ont conscience que ce n'est pas un édifice comme un autre dont on célèbre la naissance. Ils ont la vision d'une cité céleste qui commence à rayonner sur leur terre, avec ses pierres vives cimentées par le ciel; ils savent que, par la présence du temple, l'invisible se marie avec le visible.

C'est le dieu triple et unique qui consacre la cathédrale et qui en ouvre les portes. C'est la joie des hommes participant au rituel qui font de l'univers de la cathédrale un monde transfiguré.

La lumière qui se trouve là ne se rencontre nulle part ailleurs; dans la cathédrale, on ne détruit pas, on transforme tout ce qui se présente par le processus de la transmutation alchimique. Il n'y a plus de puissant et de faible, de grand et de petit; sous les voûtes de la Notre-Dame, c'est l'essentiel d'un être qui se révèle.

Au centre de la cité

Ces conceptions symboliques eurent, pendant l'époque médiévale, des applications quotidiennes. La cathédrale n'était pas ressentie comme quelque chose de lointain, d'étranger aux préoccupations de chaque jour; bien au contraire, elle se trouvait au cœur de la cité, elle était le centre vital de la communauté humaine. A vrai dire, on ne se préoccupait guère de la beauté de sa forme, de sa « qualité artistique »; ce qui comptait, c'était que la cathédrale fût présente. Une ville sans cathédrale est un corps sans tête et sans cœur.

Les Notre-Dame sont autant de talismans magiques qui protègent la cité et la campagne environnante des influences nocives. Tant que les hommes se reconnaissent dans la cathédrale, ils sont à l'abri des calamités. Non point tant, d'ailleurs, des calamités naturelles, qui font partie du cycle normal de la vie, mais surtout des calamités surnaturelles.

La cathédrale est le lieu du mystère. Ce dernier n'est pas perdu dans les nuages, mais bien incarné dans la pierre d'angle de l'autel que chaque célébration rituelle réactive. « Le peuple, écrit Gustave Schnürer, prenait une part très active à tout ce qui se passait dans l'église. Il s'y sentait chez lui. Tout ce qui était pour le peuple une source d'émotion, la joie et la tristesse, l'orgueil et la pénitence, trouvait là son expression. Les moments les plus solennels de la vie des particuliers et des petites comme des grandes communautés y étaient sanctifiés par les serments et la bénédiction de l'Eglise. »

L'homme qui participe aux fêtes de la cathédrale sort de son égoïsme. Il y rencontre l'autre, apprend à connaître ceux qui exercent d'autres professions. La prière individuelle est tout à fait accessoire; l'église-cathédrale est le ferment de l'idéal communautaire, de la plus modeste des associations à caractère profane jusqu'à la communauté initiatique des constructeurs.

A la cathédrale, on offre son travail. Les riches corporations, les marchands fortunés donnent une partie importante de leurs biens pour l'édification du sanctuaire ou l'aménagement de son décor intérieur. Ainsi naissent des sculptures, des vitraux, des stalles. Si la naissance de la cathédrale est le fait des bâtisseurs, son existence quoditienne est placée sous la responsabilité de tous.

Rien de ce qui se produit dans la cité n'est étranger à la cathédrale. En elle, on donne un enseignement aux plus savants comme aux plus simples; on y célèbre les liturgies sacrées comme les rituels comiques ou satiriques, on vient s'y entretenir, parler des événements, on s'y abrite, on s'y régénère.

Point de foule à l'intérieur de la cathédrale, mais une communauté d'êtres qui tentent de s'unir comme sont unies les pierres vivantes. Le « corps mystique » du Christ, ce sont ces hommes, ces femmes et ces enfants qui communient avec le divin, avec l'Œuvre où ils se trouvent, avec eux-mêmes. La musique des sphères n'est pas si loin de nous; on peut l'entendre lorsque monte vers les voûtes la voix commune de ceux qui chantent une liturgie.

De l'Homme Vert à la fête des Fous

Vêtu d'une peau de loup peinte en vert, un colosse se dirige vers la cathédrale. Nous sommes en Picardie, un treize janvier, à Saint-Firmin en Castillon. Personne n'ose se placer sur le chemin de l'Homme Vert. Sur la peau du loup, il y a aussi un véritable feuillage.

La confrérie du Loup-Vert est connue, puisqu'elle se réunit, avec d'autres communautés, autour du feu de Saint-Jean et célèbre un banquet. Chacun sait aussi que, sous le costume rituel de l'Homme Vert, il y a le bedeau de l'église.

L'Homme Vert assiste à la messe, alors que les chanoines ont ôté leurs vêtements d'hiver pour revêtir ceux d'été. L'Homme Vert est le soleil au cœur de la nuit, l'invisible qui pénètre dans le visible. Comme ses feuilles portent bonheur, elles sont distribuées aux fidèles après l'office. Le Jour des Rois, l'Homme Vert entre dans le chœur de l'église, au moment du Gloria, portant un cierge garni de fleurs. Il se présente comme le feu de la nature, le feu incréé qui est au centre de la cathédrale et la fait vivre.

Ce rite sera supprimé en 1727. Dès le milieu du XVIe siècle, l'Eglise romaine avait supprimé la confrérie du Loup-Vert. Peu à peu, elle parvint à interdire dans la cathédrale les fêtes et les célébrations qualifiées de « grotesques », de « licencieuses ». Les siècles de la « raison éclairée » ne supportaient plus la vision de la fête de l'Ane, où l'on voyait un homme et une femme nus entrer dans la cathédrale sur le dos d'un âne, ils étaient choqués par les danses des chanoines, par les rires de la fête des Fous, par la remise en question des hiérarchies.

Les hommes du Moyen Age avaient le sens du jeu de la vie. Si l'on ne remet pas périodiquement en question les valeurs acquises, pensaient-ils, on se condamne à mort. Grâce à la fête, on libère une énergie carnavalesque, le désir profond de critiquer, de renverser ce qui paraissait immuable. L'idée de génie est d'accomplir cette « opération » dans un rituel, de rire des rites par les rites.

Si, à partir du XVIe siècle, l'Eglise s'est enfoncée dans l'ennui et dans la grisaille, si elle s'est coupée du monde des bâtisseurs, de l'initiation et de la symbolique, c'est parce qu'elle ne sait plus rire d'elle-même. En se prenant au sérieux, elle a oublié des valeurs fondamentales.

Dès le XIVe siècle, des religieux condamnent les fêtes. Ils s'en offusquent, invoquent la morale sans se rendre compte qu'ils refusent ainsi les lois vitales qu'ils devraient être les premiers à reconnaître.

En 1444, la Faculté parisienne de Théologie publie une lettre circulaire sur les fêtes de la cathédrale. Voici ce texte admirable qui, malheureusement, ne fut pas compris par les ecclésiastiques :

« Nos prédécesseurs, qui étaient de grands personnages, ont permis cette Fête (il s'agit de la fête des Fous, où la hiérarchie est inversée). Vivons comme eux et faisons ce qu'ils ont fait. Nous ne faisons pas ces choses sérieusement, mais par jeu seulement, et pour nous divertir, selon l'ancienne coutume, afin que la folie qui nous est naturelle, et qui semble née avec nous, s'emporte et s'écoule par là, du moins une fois chaque année. Les tonneaux de vin crèveraient, si on ne leur ouvrait quelquefois la bonde ou le fosset, pour leur donner de l'air. Or, nous sommes de vieux vaisseaux et des tonneaux mal reliés que le vin de la Sagesse ferait rompre, si nous le laissions bouillir ainsi par une dévotion continuelle au service divin. Il lui faut donner quelque air et quelque relâchement, de peur qu'il ne se perde et ne se répande sans profit. »

Une centrale d'énergie

Comme le remarque justement Heer, les églises médiévales sont comparables à des broyeurs atomiques où sont concentrées des puissances bénéfiques dont la permanence est entretenue par les rites. La même analyse a été faite par des égyptologues à propos des temples pharaoniques.

Là encore, même science, même tradition.

De fait, la cathédrale reçoit l'énergie cosmique et la redistribue. C'est par elle que la création devient perceptible sur terre. Découverte fondamentale : il n'y a aucune différence entre l'énergie spirituelle et les autres énergies, celles qui produisent la lumière visible, font pousser les arbres, animent les eaux.

Bien entendu, une telle centrale d'énergie ne peut être confiée qu'à des spécialistes. En Egypte, seuls des « prêtres », pour employer ce terme commode, avaient accès aux parties secrètes du temple. Il n'en allait pas autrement à certaines périodes du Moyen Age. Les prêtres chrétiens, pour certaines catégories d'entre eux, étaient également considérés comme des spécialistes du symbole, cette « substance » énergétique beaucoup plus difficile à manier que l'atome.

« Il faut qu'en nous s'accomplissent spirituellement les rites dont ces murailles ont été l'objet matériellement », expliquait saint Bernard; « ce que les évêques ont fait dans cet édifice, c'est ce que Jésus-Christ, le Pontife des biens futurs, opère chaque jour en nous de façon invisible ».

Telle est bien la fonction de la cathédrale. « Hommes grossiers, écrivait Michelet, qui croyez que ces pierres sont des pierres, qui n'y sentez pas circuler la sève, chrétiens ou non, révérez, baisez le signe qu'elles portent. Ici, il y a quelque chose de grand, d'éternel. »

Une hymne du IXe siècle résume en termes admirables le rôle de Notre Mère, la Cathédrale :

« Elle resplendit au royaume céleste,
L'éternelle et noble cité de Jérusalem,
Qui est notre haute mère à tous.
Le Roi éternel l'a créée pour les bons
Comme la digne patrie
Où, heureux et sans maux,
Ils se réjouissent sans fin.
Ses nombreuses maisons
Sont contenues dans de vastes murailles,
Car chacun reçoit sa demeure
Qui correspond à ses actions.
Mais, en retour, il est favorisé
D'une récompense commune,
L'amour unique
Qui les embrasse dans ces murs sacrés. »

Il nous faut à présent déchiffrer la cathédrale, connaître les « nombreuses maisons » qui sont en elle et qui correspondent à autant d'états de conscience, à autant de degrés sur l'échelle de la Sagesse.

6

DÉCHIFFRER UNE CATHÉDRALE

« Quand allait s'ouvrir la troisième année après l'an mille, un même fait se produisit dans presque tout l'univers, mais surtout en Italie et dans les Gaules : on se mit à réédifier les basiliques, bien que la plupart, solidement construites, n'en eussent nul besoin. On eût dit que le monde se secouait et rejetait ses haillons pour revêtir un blanc manteau d'églises. »

Raoul Glaber.

La cathédrale reflète l'harmonie du cosmos où tout est soigneusement ordonné. Elle est construite d'après la Divine Proportion, qui a également présidé à la formation du corps de l'homme. Or, toute église est le corps du Christ, considéré non comme un individu, mais comme l'Homme à la mesure de l'univers qui rassemble en lui toutes les expressions de la création. Chaque lieu saint est, selon la formule de Lehmann, un « laboratoire d'énergie universelle », comme nous l'avons vu dans le chapitre précédent.

Le temple matériel rend perceptible le temple immatériel, il fait de notre terre une terre divinisée où la vie n'est plus un exil mais une découverte de l'invisible. Les paroles que nous trouvons dans Ezéchiel nous concernent très directement :

« Et toi, fils d'homme, décris ce temple; qu'ils en mesurent le plan. Enseigne-leur la forme du temple et son plan, ses issues et ses entrées, sa forme et toutes ses dispositions, toute sa forme et toutes ses dispositions; mets tout cela par écrit devant leurs yeux, afin qu'ils observent sa forme et ses dispositions, et qu'ils s'y conforment. Voici la charte du temple : au sommet de la montagne, tout l'espace qui l'entoure est un espace très saint. Telle est la charte du temple. »

Dans les pages qui viennent, nous examinerons les diverses parties de la cathédrale en nous fondant sur un plan type.

Il s'agit d'un modèle qui comprend les divers aspects de l'édifice idéal conçu par les bâtisseurs et réalisé plus ou moins complètement dans telle ou telle église. La plus grande des cathédrales gothiques et la plus modeste église de campagne, ne l'oublions pas, ne présentent qu'une différence quantitative et non qualitative : les deux sont de même nature, ont la même fonction, bien que leur taille soit différente.

Les révélations de l'hymne d'Edesse

Dans tout l'ancien monde, les parties du temple avaient une symbolique propre, une signification précise dans l'ordre architectural comme dans celui de la conscience.

Pour comprendre à quoi correspondent les éléments qui composent une cathédrale, nous possédons un document exceptionnel, qui procure la transition entre le Proche-Orient ancien et le Moyen Age. Il s'agit d'une hymne syriaque sur la cathédrale d'Edesse, fondée en 313.

La phrase clef est ainsi formulée : « En effet, c'est une chose réellement admirable que, dans sa petitesse, l'église soit semblable au vaste monde. »

Le Maître d'Œuvre d'Edesse, dont le but était de faire rayonner la gloire de Dieu en ce temple, se nommait Basléel. Aidé de trois compagnons, Amidonius, Asaph et Addaï, il avait été initié à son art par Moïse lui-même.

La cathédrale contient les mystères du divin; qui la contemple est rempli d'admiration. Autour de l'édifice, de l'eau pour évoquer les mers; une toiture tendue comme le ciel, et ornée de mosaïques d'or qui rappellent le firmament étoilé. La coupole figure les cieux des cieux, là où résident les anges et les bienheureux.

Les quatre côtés du monde sont inscrits dans les arcs qui rendent l'église immuable. Si on les a embellis par des couleurs, c'est afin d'incarner dans la pierre l'arc glorieux des nuées. La toiture, composée de marbres d'origine non humaine, entoure les quatre arcs majeurs, tels des saillants rocheux ornant une montagne. La luminosité des marbres correspond au rayonnement d'en-haut.

Les splendides parvis, comportant des portiques à colonnades, symbolisent les tribus d'Israël placées autour du tabernacle de l'Alliance. Trois fenêtres amènent la lumière au chœur : c'est le mystère de la Trinité qui inonde le chœur de l'église de sa Lumière unique. Les fenêtres qui, sur les côtés, augmentent cette Lumière, sont les saints, les apôtres, les martyrs.

Une estrade est dressée au centre de la cathédrale. Les onze colonnes qui la surmontent sont les onze Apôtres demeurés fidèles au Christ. Derrière cette estrade, une autre colonne qui incarne le Golgotha; au-dessus, la croix lumineuse du Seigneur, née de son sacrifice.

Cinq portes sont ouvertes dans le temple et y donnent accès. Elles symbolisent les cinq Vierges Sages qui ont su attendre la Lumière de Dieu, la recueillir en leur âme lors de sa venue. Au trône de Dieu correspond celui de la cathédrale, aux neuf chœurs des anges les neuf marches du trône.

« Elevés sont les mystères de ce temple concernant les cieux et la terre, conclut l'hymne; en lui est représenté typiquement la sublime Trinité ainsi que le Plan de Notre-Sauveur. Les Apôtres, ses fondations dans l'Esprit-Saint, et les prophètes et les martyrs sont représentés typiquement en lui : sur la prière de la mère bénie, puisse être leur mémoire là-haut dans les cieux! Puisse la sublime Trinité qui a donné la force à ceux qui ont bâti, puisse-t-elle nous garder de tout mal et nous délivrer de tout dommage! »

Saint Nil, dont le nom n'est pas banal, nous a livré un autre témoignage essentiel relatif aux parties de l'édifice sacré. Il est contenu dans une lettre, datant du Ve siècle, adressée à un ami du saint :

« Vous m'avez prié, dit saint Nil à Nemertius, de vous donner la raison de quelques symboles. Je vous réponds donc que les bénitiers indiquent la purification de l'âme; les colonnes signifient les enseignements divins; l'abside, qui reçoit la lumière de l'orient, caractérise l'honneur rendu à la sainte, consubstantielle et adorable Trinité; les pierres représentent l'union des âmes fortement établies et s'élevant toujours plus haut vers le ciel; les sièges, les gradins et les bancs désignent la diversité des âmes où vivent les dons du Saint-Esprit, et rappellent celles qui entourèrent les Apôtres quand, aux premiers jours, des langues de feu reposèrent sur leurs fronts; le trône épiscopal qui s'élève au milieu du chœur des prêtres rappelle la chaire du Pontife suprême, Notre-Seigneur Jésus-Christ. »

Dimensions

La quantité, la taille, nous l'avons dit, importent peu. Construire plus grand, plus haut, plus lourd est une caractéristique d'un Moyen Age finissant, déjà corrompu par l'esprit de compétition des temps « modernes ». L'évêque Durand de Mendes, qui vécut au XIIIe siècle et dont l'œuvre sera pour nous un guide précieux tout au long de ce chapitre, nous apprend que « église » vient du grec *ekklesia* : cela implique la « catholicité » de l'église des bâtisseurs, à savoir son caractère universel dans les significations qu'elle incarne.

Le *Psalterium Glossatum* explique que le fondement

du temple est la Foi, sa hauteur l'Espérance, sa largeur la Charité, sa longueur la Persévérance : quatre vertus qui construisent l'homme comme elles construisent la cathédrale. Quatre concepts symboliques qui assurent la solidité de l'édifice plus que toute technique.

Fondations miraculeuses

« Ne savez-vous pas, écrit saint Paul, que vous êtes un temple de Dieu et que l'Esprit de Dieu habite en vous? Car le temple de Dieu est sacré, et ce temple, c'est vous. » On ne s'étonnera pas, dans cette perspective, du caractère miraculeux de la fondation d'une cathédrale.

Par fondation, entendons le moment d'inspiration du Maître d'Œuvre qui comprend, par toutes les fibres de son être, que le futur édifice doit être implanté à un endroit précis.

Pour le guider, des messagers célestes viennent l'instruire. Au Puy-en-Velay, qui accueillit tant de pèlerins et où réside toujours une Vierge noire, c'est un cerf qui traça le plan de la future cathédrale sur un tapis de neige tombée en plein été. L'inauguration de l'édifice terminé fut accomplie par des anges. Au Mont-Saint-Michel, c'est un taureau, symbole classique du roi bâtisseur de l'ancien monde, qui instruit le Maître d'Œuvre.

Communication entre ce monde-ci et l'autre, puissance surnaturelle transmise aux bâtisseurs par l'intermédiaire d'animaux où la puissance créatrice vit à l'état pur, sans déformations.

Un plan en forme de croix

En dépit des variations de plan, qui expriment autant de significations symboliques, l'une des formes essentielles du temple médiéval est la croix, rencontre de la verticale et de l'horizontale, du temps et de l'espace, du ciel et de la terre.

La croix est la traduction chrétienne du grand arbre des anciennes traditions, de l'axe qui relie entre eux les « étages » de l'univers.

L'arbre de vie a été planté sur le lieu de la mort, sur le calvaire. Rejoignant les enfers, là où le Christ est descendu pour en délivrer les damnés, il a atteint les sphères célestes, là où il est monté pour y régner.

La branche horizontale de la croix, explique le Moyen Age, correspond aux équinoxes et aux solstices, alors que la branche verticale met les pôles en rapport avec le plan de l'équateur. Autrement dit, la connaissance du plan cruciforme de l'église nous permet de lire le monde, d'en percevoir l'architecture.

D'après la *Légende dorée*, une immense croix d'or sortit de la bouche de saint François. Son sommet touchait les cieux, ses bras embrassaient le monde entier.

Dans le corps crucifié de la cathédrale, l'homme se trouve au centre de l'être. L'errance cesse au cœur de la croix qui n'est pas instrument d'un supplice, mais permanence d'un symbole.

D'autres formes, comme les plans carrés ou tréflés, insistent sur d'autres notions. Prenons un exemple caractéristique, celui d'Aix-la-Chapelle : là, Charlemagne a voulu unir le carré de la terre et le cercle du ciel. L'octogone qui les unit est celui du principe royal, du troisième terme.

La déviation de l'axe

Dans plusieurs édifices du Moyen Age, on constate un curieux phénomène : l'axe de la nef n'est pas dans le prolongement exact de celui du chœur. Intrigués par cette « déviation de l'axe », les érudits trouvèrent des explications rationnelles : erreur d'architecte, irrégularité du terrain, programme de construction abandonné puis repris, etc.

C'est placer bien bas les capacités techniques des Maîtres d'Œuvre et des communautés de bâtisseurs dont nous savons qu'elles étaient exceptionnelles, puisque Chartres, Laon, Reims existent et sont bien sortis de leurs mains, et non des explications érudites. Par ailleurs, la déviation de l'axe est un symbole déjà attesté dans l'ancien Proche-Orient. L'exemple le plus célèbre est celui de Louxor, en Haute-Egypte. Ne parlons donc ni de hasard ni d'incompétence, mais regardons la réalité telle qu'elle se présente et cherchons à comprendre.

La déviation de l'axe est une sorte de rupture, une frontière invisible entre deux ordres de réalité. Une rupture entre la nef, lieu des croyances, et le chœur, lieu de la Connaissance où les officiants ont une vision plus directe du divin. La symétrie est mort, la dissymétrie est vie, affirmait l'enseignement pythagoricien; la déviation de l'axe est l'une des manifestations les plus caractéristiques de cette dissymétrie créatrice, qui nie la ligne droite de la raison.

S'orienter

« Superbe est la hauteur du temple,
Qui n'est incliné ni vers la gauche
Ni vers la droite,
Sa façade élevée regarde l'orient de l'équinoxe », écrit Sidoine Apollinaire au Ve siècle.

« Que l'édifice s'étende en direction de l'Orient comme un navire », recommandent les *Constitutions apostoliques*, qui comparent aussi l'église à un vaisseau sur lequel nous embarquons pour aller à la découverte du monde extérieur et intérieur.

L'orientation des édifices est parfois plus complexe, comme l'a montré H. Nissen. Dans certains cas, l'église est orientée vers le lieu du ciel où le soleil se lève le jour de la fête du dieu antique qui fut remplacé et prolongé par le saint chrétien. Astrologie subtile, qui respecte le génie d'un lieu sans oublier de lui donner sa dimension cosmique.

Au nord règnent en apparence le froid et l'obscurité. Pourtant, les alchimistes se réunissaient à la petite porte du Nord pour s'entretenir des débuts du Grand Œuvre, les bâtisseurs y gravaient des symboles en rapport avec l'origine de la voie initiatique. Au Nord, en effet, se génère la lumière increée (1). Au Nord sont sculptées des scènes de l'Ancien Testament, fondements du christianisme et fondements de l'être dont l'édification commence.

A l'Orient naît la lumière, surgit l'impulsion créatrice; à l'Occident, où se situe le Jugement dernier, nous sommes confrontés à notre Nombre, à la vérité que nous avons su ou non dégager de notre existence; au Midi, la lumière rayonne dans sa toute-puissance, la conscience connaît sa royauté.

De nombreuses autres interprétations des quatre points cardinaux pourraient être données. Précisons que ces quatre orients n'ont de signification qu'en raison du point central, du centre qui les génère.

Les pierres des murs

« Les fidèles prédestinés à la vie éternelle, écrit Durand de Mendes dans son *Rational des Divins Offices*, sont les pierres employées à la structure de ce mur, qui sera toujours élevé et construit jusqu'à la fin de ce monde. »

Pour Hugues de Saint-Victor, les pierres des murs sont les membres de la communauté chrétienne qui s'intègrent dans l'édifice de la foi. Selon saint Bernard,

(1) Sur ce point, *cf.* notre ouvrage *La Confrérie des Sages du Nord*, Editions du Rocher, 1980.

ce sont la Connaissance et l'Amour qui unissent entre elles ces pierres vivantes.

Ces murs forment une enceinte magique. Les côtés de l'église, d'après le *Psalterium Glossatum*, assurent la paix entre les êtres grâce à une ascèse, nécessaire pour pénétrer correctement dans le lieu sacré.

Cette ascèse consiste à nous libérer d'une mentalité profane qui juge, isole, refuse; ces murs sont plénitude, stabilité. Ils nous invitent à la cohérence de l'être, puisqu'ils symbolisent aussi les Saintes Ecritures qui enseignent la voie droite. De plus, chaque mur incarne une vertu indispensable sur le chemin initiatique : la Charité, qui organise le palais divin, l'Humilité préposée aux trésors célestes, la Patience illumine notre intériorité, la Pureté garantit la nécessaire rectitude.

Portails et péristyles

Les catéchumènes, futurs initiés par le baptême, n'entrent pas dans le temple. Ils demeurent dans le péristyle, dans le narthex des églises, en un lieu qui n'est pas encore le monde sacré mais qui n'est plus le monde profane. Sous ce porche couvert, ils se préparent à la seconde naissance. Dans quelques cathédrales, un second narthex existe à l'intérieur de l'église, ultime pas avant l'entrée définitive dans le sanctuaire.

Le grand porche d'accueil est ouvert à tous ceux qui passent. Il est un appel, une voix puissante qui nous invite à nous approcher du rayonnement qui vient de l'intérieur de l'édifice.

Les marches qui conduisent au portail évoquent l'ascension nécessaire vers la butte primordiale sur laquelle toute église est construite. Cette butte est apparue au premier matin du monde, elle est le support de toute construction.

Fonts baptismaux et bénitier

Par le rite du baptême, l'homme naît pour la seconde fois. Le rite principal s'accomplit dans les fonts baptismaux, mais le baptême n'a pas lieu une fois pour toutes; le bénitier, qui contient, lui aussi, les eaux primordiales, permet de se régénérer à chaque nouvelle entrée dans le lieu saint.

C'est le Nombre Huit qui préside aux fonts baptismaux. Il est formé du Quatre du corps, du Trois de l'âme et du Un du divin. Il réunit ainsi les conditions nécessaires à la naissance d'une nouvelle vie pour qui purifie dans ses eaux son être entier.

Les cuves baptismales furent des supports symboliques très significatifs. Pensons, par exemple, aux fonts baptismaux commandés par l'abbé Hellin, au XIIe siècle, à Renier de Huy. Ils reposaient sur douze taureaux, évoquant à la fois la mer d'airain du temple de Jérusalem et le cosmos dans sa toute-puissance.

Les fonts baptismaux de Notre-Dame d'Airaines, dans la Somme, étaient si vastes qu'un homme pouvait, selon l'ancien rite, s'y baigner entièrement. Leurs sculptures représentent les initiés faisant une chaîne d'union, pour bien marquer la fraternité du rite qu'ils ont tous vécu. On voit aussi un dragon parler à l'oreille d'un des nouveaux baptisés : il lui enseigne la « langue des oiseaux », celle qui permet de découvrir les secrets du ciel et de la terre.

Arcs-boutants et contreforts

Quoi de plus élancé qu'un arc-boutant, mais quoi de plus solide, de plus tranquille qu'un puissant contrefort? Les courbes de ces soutiens de l'édifice sont analogues, nous apprend le Moyen Age, à l'Espérance qui élève l'esprit de l'homme vers le divin, tout en lui donnant une robuste assise. Ils sont aussi l'expression du temporel sur lequel s'appuie le spirituel pour mieux s'épanouir.

Aussi les contreforts sont-ils considérés comme la force, indispensable à toute création; ils résistent aux attaques du temps, empêchent toute déformation due à l'incertitude ou au dilettantisme. Mais les arcs-boutants possèdent aussi une grâce aérienne, ils tracent dans l'espace des volutes qui échappent à l'emprise de la matière. Bond dans le vide, l'arc de pierre invite l'homme à s'élancer dans l'aventure, à partir d'une base solide et sans aucune crainte.

Toit, charpente

Le toit de la cathédrale est le correspondant architectural du manteau des cieux. Ce dernier a pour fonction de protéger la terre du rayonnement solaire qui risquerait d'être trop intense. Comme l'explique Maxime le Confesseur, la toiture de l'église est tendue comme le ciel, elle imite le firmament étoilé.

Les gargouilles qui rythment l'extérieur de la toiture ont une origine lointaine, puisqu'elles existaient déjà en Egypte avec une fonction similaire : dissiper les tempêtes, écarter de l'édifice les perturbations cosmiques. Les gargouilles représentent aussi les vices qui assaillent l'homme, les forces hostiles qui tentent d'empêcher l'entrée du sanctuaire. Par un processus symbolique d'une profonde signification, elles sont à la fois le mal et le remède du mal.

Les tuiles du toit, nous apprend-on, sont les chevaliers du Haut Maître qui entament une lutte victorieuse contre les démons. Quant à la charpente, ce chef-d'œuvre des maîtres du bois, elle est une forêt : songeons à l'une des plus belles du Moyen Age, celle de Notre-Dame de Paris, où les membrures, les veines, le sang des poutres constituent un langage. La charpente, en effet, est soutien de la vie intérieure, fourni par le Verbe.

Les tours

Du haut des tours, on voit le monde entier. On se trouve placé au-dessus des phénomènes, on contemple les choses de haut. C'est pourquoi les tours symbolisent les prélats et les prédicateurs qui voient au delà du temps et de l'espace, qui sont capables de prédire et d'annoncer ce qui n'est pas encore manifesté.

Le clocher a pour fonction de repousser le démon et d'attirer les anges : ces derniers aideront de leurs conseils les habitants de la cité.

Les deux tours, comme on le voit clairement à Chartres, sont des expressions du soleil et de la lune, de la lumière agissante et de la lumière réfléchie. Au portail central, entre la clarté du jour et la clarté de la nuit, se trouve l'Homme accompli.

Les tours abritent les cloches, qui restituent l'âme vibrante de la cathédrale, son expression sonore qui fait écho aux chants qui s'élèvent vers les voûtes, scandant le temps de la liturgie.

Quant aux flèches, ces héritières des obélisques placés devant l'entrée des temples égyptiens, elles sont faites pour attirer un influx magnétique, l'énergie subtile que seule une cathédrale peut enregistrer pour maintenir la cité en résonance avec les harmonies célestes.

N'oublions pas le coq qui, d'après saint Ambroise, est le Christ qui éveille et dirige. C'est lui qui, par son chant matinal, chasse les démons nocturnes. Au IVe siècle, Prudence écrivait :

> « L'oiseau vigilant nous réveille,
> Et ses chants redoublés,
> Semblent chasser la nuit.
> Jésus se fait entendre
> A l'âme qui sommeille,
> Et l'appelle à la vie
> Où son jour nous conduit. »

L'accès au temple

Les portails, tournés vers l'extérieur, deviennent des portes, donnant accès à l'intérieur de la cathédrale.

« Je suis la Porte, affirmait le Christ, et celui qui entre par moi sera sauvé. » Les portes, en effet, s'ouvrent sur le ciel : on a remarqué que la porte d'un temple ou d'une cathédrale résumait à la fois l'univers et l'édifice entier. Le demi-cercle supérieur est analogue au chœur, le carré inférieur à la nef.

« Le chemin qui mène à la vie, dit l'Evangile selon Matthieu, il en est peu qui le trouvent. » Il s'agit du « sentier préféré » de Pythagore, du « passage difficile » de nombreuses initiations, de la « porte étroite » de la Grâce.

La nef, arche sainte

La nef est bien un navire. C'est l'arche sainte où s'embarquent les fidèles pour voyager vers la lumière. Bateau renversé, la nef est un contenant parfait, la matrice où l'esprit de la communauté peut s'épanouir.

La nef incarne la Raison, non pas au sens moderne du terme, mais au sens médiéval, c'est-à-dire la somme des lois qui constituent le sacré.

Qui parcourt l'allée de la nef est déjà en chemin; il marche sur un pavé qui est Foi et Connaissance, un pavé où l'évêque écrivait un alphabet symbolique lors de la cérémonie de consécration de l'édifice. A ce pavement correspond, en l'homme, l'Humilité qui n'est pas renonciation mais désir de connaissance.

Dans l'initiation des constructeurs, le pavé dit « mosaïque », composé de carreaux noirs et blancs, évoque la dualité de notre monde. Dualité qui est souvent opposition et conflit dans le monde extérieur, alors que l'initié, en tant que troisième terme, doit pratiquer la « conciliation des contraires ».

Dans le pavement de la nef, au début de celle-ci ou à la croisée du transept, nous est révélé le labyrinthe. Figure étrange, compliquée, où les chemins s'entrecroisent. Au centre, on voit parfois la figure d'un ou plusieurs Maîtres d'Œuvre.

Beaucoup de labyrinthes ont fait l'objet d'une destruction volontaire, car ils sont, à l'intérieur même de l'église, l'une des marques les plus voyantes des communautés initiatiques de bâtisseurs. On nommait le labyrinthe « chemin de Jérusalem », « lieu de Jérusalem », puisqu'il figurait la Jérusalem céleste descendue sur terre. Un rite consistait à parcourir le labyrinthe à genoux, afin d'atteindre le cœur de la cité sainte.

Malgré les apparences, il est impossible de se tromper dans un vrai labyrinthe. En dépit de la complication de ses méandres, il n'existe qu'une seule voie et il suffit de la suivre.

Les initiés utilisaient le « fil d'Ariane », le cordeau des bâtisseurs, pour pénétrer à l'intérieur du labyrinthe et en ressortir. Aller à la recherche de l'Orient perdu, se dépouiller de ses imperfections sur le chemin unique ne suffit pas; lorsqu'on a atteint la Jérusalem, au centre du labyrinthe, il faut retourner vers le monde extérieur pour transmettre l'expérience vécue.

Piliers, colonnes, arcatures

Les lignes de pierres organisent l'espace intérieur de la cathédrale comme celui de l'homme. Tantôt épaisses, puissantes, tantôt fines, élancées. Piliers et colonnes sont semblables aux vertus simples et rudes qu'enseignent les Maîtres. Pas de fioritures, pas d'ornements inutiles : de l'élan vers les voûtes, du dynamisme. Les fûts sont l'image de ceux qui célèbrent les rites, les bases symbole de ceux qui savent transmettre l'esprit de vérité.

« Bien qu'il y ait un grand nombre de colonnes dans l'église, écrit Durand de Mendes, on dit cependant qu'il n'y en a que sept, selon cette parole : la Sagesse s'est bâti une maison, et elle y a taillé et placé sept colonnes. »

La colonne est un arbre de pierre, également plein de sève. Le 26 janvier 428, à Florence, on transportait la dépouille de saint Zanobi. Sur le parcours, un orme desséché se couvrit de fleurs. A son emplacement, on érigea une colonne.

L'arc en tiers-point, la fameuse ogive, trace dans l'espace le mystère de la Trinité et en offre une formulation géométrique. A l'entrée du chœur, la grande arcade est nommée « arc triomphal » : à l'origine, ses bases étaient reliées par le tref, la « poutre de gloire ». On remplaça ensuite ce dispositif par le jubé qui séparait nettement, comme dans les anciennes églises d'Orient, les célébrants des fidèles. La « gloire », le « triomphe » indiquent que l'homme a vaincu ses propres ennemis intérieurs, et qu'il est devenu digne d'entrer dans la partie la plus secrète du temple.

Clarté du vitrail

La lumière diffusée par les fenêtres et les vitraux est surnaturelle, puisqu'elle est porteuse des paroles des saints. C'est elle qui nous enseigne la signification cachée des symboles et entretient la fraternité dans l'assemblée.

Les vitraux concilient deux vertus opposées, la robustesse et la transparence. S'ils enregistrent la lumière venue de l'extérieur pour la filtrer et la purifier, ils émettent également leur propre lumière, car les couleurs des verrières sont issues d'un processus alchimique et bénéficient d'une vie qui leur est propre.

Les vitraux dirigent la lumière vers le cœur des êtres. S'ils sont plus larges au-dedans, c'est parce que le mystère est plus étendu que l'apparence. S'ils sont plus resserrés au-dehors, c'est parce qu'ils évoquent les cinq sens. Ces derniers ne doivent pas s'abandonner au monde extérieur, mais, au contraire, s'épanouir vers le dedans.

Les rosaces, chefs-d'œuvre du vitrail, enseignent comme s'engendre la lumière dans la rose mystérieuse. Etre *sub rosa*, c'est faire partie d'une communauté d'initiés qui se place sous le rayonnement de la rose mystérieuse. La rosace nous apprend deux mouvements essentiels de la pensée : aller de la périphérie vers le centre, aller du centre vers la périphérie. Son immobilité n'est qu'apparente; en réalité, elle est toujours en mouvement, en accord avec les cycles éternels du cosmos.

La voûte étoilée

Le mot « voûte » vient du latin *volvere*, « tourner ». Correspondant à la vie céleste, la voûte n'est pas immobile. Elle accomplit, en effet, un mouvement circulaire sur elle-même, comme les cieux qui contiennent les astres. Cette conception symbolique remonte jusqu'aux pyramides de l'ancien Empire égyptien, dont les voûtes sont ornées d'étoiles à cinq branches.

Intégrant le carré et le cercle, la voûte crée la dynamique de la sphère; elle nous fait entrer dans un autre temps, dans un autre espace, car ses pierres vibrent et enregistrent les résonances de l'univers.

Dans les jeux d'ombre et de lumière qui se déroulent sous les voûtes, c'est la vie spirituelle qui est décrite. Les points de la voûte où les lignes convergent nous indiquent les règles de ce jeu, les « points de force » où nous trouverons notre équilibre.

L'entrée dans le sanctuaire

Nous avons déjà évoqué la présence d'un jubé dans les anciennes églises. Avec cette clôture de la nef, tantôt en pierre, tantôt en bois, tantôt manifestée par un simple voile, nous retrouvons les conceptions primitives de l'Eglise.

Dans le temple, en effet, existe une partie secrète qui n'est pas accessible à tous. Seuls y pénètrent ceux qui ont été initiés à certains mystères, et qui peuvent travailler sur le sacré sans risques pour autrui et pour eux-mêmes.

Le jubé du Moyen Age est le successeur de l'iconostase des sanctuaires orientaux et des clôtures architecturales de l'ancien monde. « Jubé » est le premier mot d'une formule liturgique qu'un lecteur transmettait à l'assemblée des fidèles réunie dans la nef. Sans le voir, elle participait donc au mystère.

Dans la partie antérieure du temple, les simples baptisés écoutent l'enseignement. Dans le chœur, ceux qui sont parvenus à une certaine maîtrise du symbole après une longue préparation, assurent le service divin.

La presque totalité des jubés a fait l'objet d'une destruction volontaire et les règles liturgiques qu'impliquait ce dispositif architectural ont été abandonnées, du moins par l'Eglise catholique. Cette dernière refusait ainsi son propre mystère, plus attachée au nombre, à la masse, qu'à une hiérarchie de qualités qui avait pourtant présidé à sa naissance.

Le transept

Les bras du Christ : voici ce qu'incarnent les bras du transept, selon Honorius d'Autun. Bras gauche de la réceptivité au divin, bras droit de sa mise en œuvre. Ceux qui sont installés dans les bras du transept participent donc directement à la création de l'Œuvre mais, tels les Compagnons des communautés de bâtisseurs, ils voient l'ultime partie du sanctuaire de manière oblique, indirecte; la maîtrise à laquelle ils accéderont leur donnera, plus tard, une vision directe.

Selon Suger, la croisée du transept est le lieu de la révélation. C'est là qu'on présente les reliquaires des saints, ornés d'or et de pierres précieuses, c'est-à-dire les fondements traditionnels de l'édifice. A cette croisée s'unissent le centre, la verticale et l'horizontale. L'initié y découvre la mesure commune à tous les êtres, leur identité profonde qui n'est pas uniformité.

Pour le pèlerin, la croisée du transept est la croisée des chemins, entre les petits et les grands mystères. A lui de faire le choix décisif dans sa recherche des causes.

Au-dessus de la croisée du transept, la clef de voûte est souvent une couronne évidée en son centre. Elle rappelle la couronne d'acacia des anciens rites initiatiques, qui marque l'entrée définitive du postulant dans la communauté des œuvrants. C'est aussi l'Œil céleste par lequel passe le regard divin vers le monde, mais aussi par lequel s'élève notre regard vers celui du Créateur.

Les autels

Les autels sont les « choses hautes », les élévations qui surgissent du sol, des marches vers le ciel. Ils traduisent dans la pierre les bûchers sur lesquels on accomplissait des sacrifices et où l'on brûlait l'encens.

L'autel majeur est le centre de toutes choses, le Cœur du Haut Maître auquel on accède par trois marches, correspondant aux trois naissances successives de l'initié.

On peut considérer que l'autel est la crypte ressuscitée, le secret des profondeurs remonté à la surface, la même pierre fondamentale manifestée de façon différente.

Le saint des saints

Chez les Anciens, le chœur était le lieu où les danseurs, participant à la représentation des mystères, exécutaient leurs mouvements rituels. Chœur de la cathédrale, cœur de l'homme : jeu de mots, certes, mais aussi réalité au delà des mots.

C'est par le « chevet », partie du chœur, que l'on commençait, la plupart du temps, la construction de la cathédrale. Le terme « chevet », lié au latin *caput*, « tête », désigne l'ouverture de la tunique par laquelle la tête sort du vêtement. Symbole très simple, mais combien parlant, de la sortie de la conscience hors des ténèbres.

Début et fin de la cathédrale, le chœur est un saint des saints, l'image parfaite de la sphère, figure géométrique où l'activité divine se révèle dans sa gloire. Le miracle du premier matin s'y reproduit chaque jour, la création s'y renouvelle en permanence.

Adossé au mur est, l'ultime autel de la cathédrale sert à célébrer la naissance de la vie. Une vie qui surgit dans l'unité de la cathédrale avant de se multiplier dans le monde extérieur.

Dans le déambulatoire qui permet de circuler autour du centre, on marche de long en large, selon l'étymologie même du terme. Dans la pierre est ainsi inscrite l'idée de voyage éternel.

Autrefois, toutes les sacristies devaient s'ouvrir dans le chœur, puisqu'elles symbolisaient le sein de la Vierge où le Seigneur s'incarnait.

La cathèdre de l'évêque

Le terme cathédrale vient de « cathèdre », à savoir le trône où siège l'évêque. Comme dans les temples où se réunissaient les communautés de bâtisseurs, le siège de celui qui dirige l'assemblée se trouve à l'orient, exactement à l'endroit où naît la lumière.

On en voit encore un magnifique exemple à la primatiale Saint-Jean de Lyon où la cathèdre est située au fond de l'abside, au sommet du grand corps, dans l'axe du portail royal. Au-dessus du trône, on peut contempler l'image du Père céleste et lire l'inscription : « Je suis celui qui est. »

Les stalles du chœur

Dans le chœur prenaient place les dignitaires de l'Eglise dont le rang était suffisant pour accéder à ce lieu. Ils s'asseyaient sur les sièges des stalles qui, d'après Sicardi de Crémone, sont les sièges célestes offerts aux élus.

« La miséricorde de la stalle de l'église, lisons-nous dans le *Rational*, représente les contemplatifs dans l'âme desquels Dieu repose sans offense et qui, à cause de leur très grand mérite, contemplent aussi d'avance la splendeur de la vie éternelle, et sont comparés à l'or pour l'éclat de la sainteté. »

Les miséricordes des stalles, où ont été représentés tant de motifs symboliques, font également allusion au lit de repos en or dont parle le Cantique des cantiques : le corps s'y endort tandis que l'esprit s'y régénère.

L'homme dans la cathédrale

Cette rapide lecture de la cathédrale aura montré, nous l'espérons, que cette Mère aux dimensions du cosmos donne naissance à des êtres authentiques, capables de vivre en esprit et en vérité. La voix du Moyen Age ne s'est pas tue, nous l'entendons encore : « De même que l'église corporelle ou matérielle est construite de pierres jointes ensemble, ainsi, l'assemblée spirituelle forme un Tout composé d'un grand nombre d'êtres humains différents d'âge et de rang. »

TROISIÈME PARTIE

DE CHANTIER EN CHANTIER

Ainsi donc, Frères, si nous faisons la volonté de Dieu, nous appartiendrons à la première Eglise, à celle qui est spirituelle, et qui fut créée avant le soleil et la lune.

Homélie du IIe siècle.

7

VIVRE L'INITIATION

> *« Il convient que l'homme marche en se tenant debout et droit, celui qui gouvernera éternellement un monde soumis à son empire, celui qui domptera les animaux sauvages, nommera les choses et leur imposera les lois, qui découvrira les étoiles, connaîtra les astres et les lois du ciel, qui apprendra à discerner les temps d'après certains signes, qui régira l'océan furieux, qui, grâce à son génie tenace, retiendra dans son esprit tout ce qu'il aura vu. »*
>
> Saint Avit, *Sur le sens spirituel des événements de l'Histoire*, Livre I.

Chemins initiatiques

Denys l'Aréopagite, dont nous avons déjà évoqué l'influence sur la pensée du Moyen Age, évoquait en phrases non équivoques l'existence de mystères qui seront considérés comme tels par de nombreux chrétiens : « Prends garde à ne pas divulguer de façon sacrilège des mystères saints entre tous les mystères... Ne communique les saintes vérités que selon un mode saint à des hommes saints par une sainte illumination. »

Les chrétiens commençaient à vivre l'initiation par le baptême, en se plongeant dans les eaux primordiales où ils se dépouillaient du vieil homme pour naître à l'homme nouveau. Les rites propres à leur foi avaient pour but de faire croître ce nouvel homme, de lui donner force et vigueur.

Tel était aussi le but de l'œuvre entreprise par les bâtisseurs de cathédrales. « Reconnaissons donc, écrit Georges Duby, dans l'architecture et dans les arts figuratifs du XIe siècle, comme dans la musique et la liturgie, un procédé initiatique. »

L'initiation consiste à sacraliser consciemment le monde. A Louviers, une sculpture que l'on nomme volontiers le « maqueux de soupe » représente un homme qui tient une écuelle à la main. Il est coiffé d'un des bonnets initiatiques connus; son écuelle est le cercle du monde, percé d'un trou qui correspond au passage de l'axe de l'univers, autrement dit du moyeu invisible qu'est la Tradition initiatique. Cette écuelle donne une image de la conscience prête à recevoir un aliment de choix, la nourriture de l'éveil.

Ne confondons surtout pas l'initiation avec l'acquisition de pouvoirs personnels. Les chapiteaux du Moyen Age nous mettent clairement en garde contre cette tendance qui égare tant de chercheurs. A Autun, on voit saint Paul et saint Pierre qui assistent à une scène surprenante : Simon le magicien veut prouver que ses pouvoirs lui permettent de voler comme un oiseau. Apparemment, il réussit et prend son envol. Mais le second chapiteau nous instruit du dénouement tragique qui met un terme à de telles prétentions : le magicien s'écrase au sol. Son visage est devenu horrible, si horrible qu'il ressemble trait pour trait à celui d'un diable qui, lui aussi, assiste à la scène en éclatant de rire.

La volonté d'acquérir des pouvoirs fait partie des impulsions négatives de l'être, de ce que l'on nommait autrefois des forces démoniaques. « Ce serait une impudence de vouloir nier de pareilles choses » (*La Cité de Dieu*, livre XV, chap. 2-3). D'après le *Credo* de Joinville, lorsque nous voyons Samson ouvrant la gueule du lion, il s'agit du Christ qui brise les portes de l'enfer pour sauver les justes enfermés en ces tristes lieux.

Tristes en apparence : les justes doivent séjourner

aux enfers pour y découvrir les secrets de l'énergie « diabolique », c'est-à-dire incontrôlée, non encore régie par des lois d'harmonie. Mais le Maître vient mettre un terme à cette expérience qui ne constitue qu'une étape du processus initiatique.

L'homme de Connaissance n'a rien à redouter du diable. Comme Job, il sait le prendre à l'hameçon : « Vous savez, dit encore Joinville, que lorsque le pêcheur veut prendre le poisson à l'hameçon, il couvre le fer d'un appât; le poisson croit manger l'appât, et le fer le prend. Or, pour prendre le diable, Dieu a couvert sa divinité de notre humanité; le diable s'y trompa, crut que c'était un homme, lui fit la chasse, mais c'est la Divinité qui le prit. »

« Les prud'hommes, en ce siècle, poursuit le même auteur, doivent être des combattants et des lutteurs... Lutteurs doivent être tous les prud'hommes; car ils doivent tenir Dieu à deux bras sans le lâcher, jusqu'à ce qu'il les ait bénis et qu'il ait changé leurs noms. »

En contemplant les images de pierre, en recherchant leur signification, nous commençons à « changer notre nom », à passer de notre identité profane à notre réalité initiatique. Toute sculpture symbolique, porteuse de sens, est un être vivant qui nous permet d'entrer dans l'éternel présent de la conscience en célébrant une fête du regard et une fête de l'esprit.

Tant que nous ne voyons pas, tant que nous ne déchiffrons pas le livre du monde, nous ne sommes pas des êtres réellement pensants, réellement nés. Tant que nous croyons que les chapiteaux sont des pierres inertes, c'est que nous sommes victimes de notre propre inertie, imputable à la peur de dialoguer avec ce qui nous dépasse.

Devant la cathédrale et son message, rendons-nous semblables au voyageur décrit par le poète Umar Khayyâm : ni orthodoxe, ni croyant, ni hérétique, ni athée, sans richesses, sans vérité toute faite, sans certitude. Volontairement mis à nu, nous sommes prêts à entrer dans la communauté de ceux qui, un jour, osent prendre la route.

Si le chemin de l'initiation est sinueux, il n'est pas chaotique. Dans l'Ordre du Moyen Age, chaque homme a une place en ce monde : ce rang donne un minimum de droits et un maximum de devoirs par rapport à autrui. Car cette place dans la société n'est pas conçue comme un privilège; il s'agit d'une fonction à exercer dans une Œuvre qui est en train de se faire, d'un rôle d'artisan dans l'édification de la cité sainte sur cette terre.

Par l'éveil de notre regard, nous faisons un pacte avec l'Œuvre, qui ennoblit ceux qui commencent à la percevoir. « L'Œuvre seule meurt avec le temps et est réduite à néant, écrit Maître Eckhart; mais le résultat de l'œuvre, c'est simplement que l'esprit est ennobli dans l'Œuvre. » Œuvre au delà du temps, œuvre liée au temps : cette dernière s'accomplit dans notre existence, alors que l'Œuvre intemporelle passe d'initié en initié, de temple en cathédrale.

Tradition et traditions

C'est un tailleur de pierre qui ôta la dalle obstruant la tombe du Christ. C'est un maçon qui démolit le reste de pierrailles pour que le Maître sorte du sépulcre afin de regagner le ciel. Sans la communauté des bâtisseurs, le message divin serait resté lettre morte.

Ce message n'est pas une doctrine, mais un outil d'évolution pour chacun d'entre nous, un outil que les Anciens nommaient « Tradition ».

Terme difficile à manier, s'il en est. Quand on prononce le mot « Tradition », une énorme confusion mentale, si caractéristique de la pensée moderne, s'installe aussitôt. On voit aussitôt défiler un cortège de coutumes désuètes, de traditions imbéciles, de scléroses multiples, de tabous, etc., et nous sommes tout fiers de proclamer, du haut de notre supériorité :

« Quand même, nous ne sommes plus au Moyen Age! », phrase devenue classique sur les ondes des radios et télévisions et dans les colonnes des quotidiens.

Cette attitude, avouons-le, nous paraît tout aussi stupide que l'adulation de coutumes surannées qui n'appartiennent nullement au monde de la Tradition mais à celui de l'habitude. Or, il est vital de percevoir ce qu'est la Tradition initiatique qui est la clef, non seulement de l'époque médiévale, mais de toutes les époques. Lorsqu'elle est le cœur d'une civilisation, cette dernière bâtit des temples. Lorsqu'elle se réfugie dans des sociétés secrètes ou discrètes, par la force des choses, les collectivités humaines construisent des usines, des gares, des centres culturels qui agissent sur le corps et le mental de l'homme, mais non sur l'être entier.

Le rationalisme qui s'affirma pendant la Renaissance a obscurci la véritable nature de la Tradition. Il est bien évident que ce rationalisme n'a pas engendré une civilisation, mais différents types de sociétés qui s'affrontent soit par les guerres, soit par les luttes économiques et où l'épanouissement des individus et des communautés n'est nullement pris en considération.

C'est donc pour nous un effort considérable que d'aller vers la Tradition. Il faut précisément nous dépouiller de nos habitudes et de nos traditions pour la redécouvrir; nous pouvons cependant y parvenir, parce qu'elle est une valeur permanente en chacun d'entre nous, valeur qu'il suffit de ranimer pour qu'elle resplendisse à nouveau.

Dans les pages qui suivent, nous allons essayer de cerner, autant que nous le pourrons, quelques aspects de cette Tradition initiatique dont nous ressentons si intensément la nécessité, mais que nous ne savons plus appeler par son nom. Le simple fait de l'évoquer, croyons-nous, même si l'évocation est très imparfaite, peut commencer à ranimer l'esprit des bâtisseurs de temples, à nous orienter vers le Maître d'Œuvre.

La Tradition initiatique possède un corps, une âme et un esprit. Son corps est formé des temples, des cathédrales, des statues, des livres sacrés, bref de tout ce qui incarne de manière concrète et visible l'enseignement à transmettre. Corps plein de sève, toujours à notre portée, offert en permanence à qui désire le contempler. Corps à réanimer, également; il est comparable à la « matière première » de l'alchimie, la chose la plus répandue du monde mais à laquelle peu d'êtres prêtent attention.

L'âme de la Tradition est son visage multiple, son génie changeant qui préserve une même Sagesse sous des aspects différents selon les temps et selon les lieux. Quand les Maîtres d'Œuvre construisaient des églises chrétiennes sur les ruines de temples païens, ils vivaient l'âme de la Tradition qui intègre tout et ne détruit rien. Nous avons la chance immense, aujourd'hui, de découvrir les traditions de la Chine, de l'Inde, de l'Afrique et de tant d'autres civilisations traditionnelles qui ont fait l'expérience de l'initiation et l'ont transmise dans leurs rites, dans leurs écrits, dans leur art. Cela constitue une possibilité d'ouverture d'esprit qu'il ne faudrait pas gaspiller dans le dilettantisme, le syncrétisme ou un amalgame facile de ces expressions traditionnelles.

A notre sens, si une information sur l'ensemble des formes traditionnelles est un présent inestimable de notre époque, il est bon d'approfondir l'une d'entre elles qui correspond à nos affinités, à notre héritage sensible et intellectuel. En ce qui concerne l'Occident, il est certain que la Tradition des bâtisseurs, de l'ancienne Egypte aux communautés actuelles qui prolongent cette symbolique, est une source de vie inépuisable.

L'âme de la Tradition n'est pas engluée dans l'histoire. « Il faut, écrivait le moine bénédictin Orderic Vital, chanter l'histoire comme une hymne à la louange du Créateur et du juste Gouverneur de toute chose. » Dans cette perspective, l'âme de la Tradition nous invite à communier avec la forme temporelle, passagère, que revêt l'Eternelle Sagesse. Avec une profondeur de vue remarquable, les musulmans affirment : « le siècle est Allah ». Chaque époque, en effet, porte le divin en elle; à nous de la manifester dans nos œuvres.

Cette âme est aussi celle qui anime les formes artistiques de l'intérieur. Si les angelots baroques ou la plupart des peintures modernes sont morts, c'est qu'ils n'ont rien à transmettre, rien d'autre à nous dire qu'une impression esthétique que certains éprouvent et d'autres pas. Si les bas-reliefs égyptiens et les chapiteaux romans sont toujours vivants, c'est que leur contenu symbolique nous concerne directement, c'est parce qu'ils font monter en nous une véritable lame de fond qui, par bonheur, submerge notre rationalisme et lève l'un des coins du voile qui cache le mystère par nature.

L'âme, disait le Moyen Age, est la plus belle et la plus laide des choses. Ne croyons surtout pas que l'âme, malgré la dévalorisation du terme, est une petite chose ailée et inoffensive; en réalité, c'est l'instrument de notre accomplissement, le potentiel d'énergie dont nous disposons pour mettre au jour notre vérité. Celui qui manie mal son âme est comparable à un savant inapte qui fait exploser sa propre centrale atomique.

Purifiée par un rituel, l'âme devient capable de reconnaître les symboles, de se guider elle-même en ce monde. Elle n'est plus dispersée, erratique, elle n'est plus envieuse des réussites d'autrui, dans quelque domaine que ce soit.

Quant à l'esprit de la Tradition initiatique, il est pour nous une réalité difficilement accessible. C'est pourquoi nous devons lui consacrer une vie de recherche. L'esprit de la Tradition est la Sagesse que les médiévaux qualifiaient de « non née », de « non manifestée », d' « incréée », car elle n'est pas soumise aux conditionnements humains ni à ceux de la nature dont elle engendre l'harmonie.

Saint Bonaventure expliquait que celui qui aurait toutes les qualités de tous les êtres verrait clairement cette Sagesse. Pourtant, bien qu'elle outrepasse les possibilités de l'intelligence humaine, elle n'est pas inaccessible. Nos pères, qui avaient reconnu son importance, savaient que la Sagesse ne demeure pas confinée dans les nuages.

La Sagesse incréée se marie au créé en certaines occasions : la renaissance d'un initié, l'édification d'un temple, la transformation consciente d'un être vers sa finalité. Ce sont ces moments-là qu'il importe de favoriser et c'est exactement la tâche d'une civilisation digne de ce nom. « De toutes les choses qu'il faut rechercher, écrivait Hughes de Saint-Victor, la première est la Sagesse, qui est la forme du bien parfait. »

Rupert de Deutz expliquait que nous avions à devenir des prophètes, c'est-à-dire des êtres qui voient au-delà des phénomènes apparents. De fait, la Quête de la Sagesse s'accomplit aussi par la perception de l'invisible pour laquelle l'homme a été bâti.

La vie est invisible et, pourtant, elle se manifeste en des milliers d'expressions. Appréhender son principe ou, du moins, tenter de le faire par une expérience initiatique, c'est comprendre qu'il est possible de vivre la Sagesse ici-bas. Pour y parvenir, Maître Eckhart nous indique une excellente méthode : « Ce que tu veux avec force, tu l'as, et ni Dieu, ni toutes les créatures ne peuvent te l'enlever, à condition que ta volonté soit totale et vraiment divine, et que Dieu soit présent en toi. Ne dis donc pas " je voudrais bien "; ce serait encore quelque chose de futur. Mais dis : " je veux qu'il en soit ainsi dès maintenant ". »

« Quand on met ses affaires en ordre au moyen de la pensée correcte, disait un sage, la lumière n'est plus dispensée par les choses extérieures; elle se nourrit d'elle-même à l'intérieur de l'homme » : autrement dit, la Sagesse peut choisir l'homme comme support et rayonner à partir d'une architecture intérieure patiemment élaborée.

« Pense être partout en même temps, dans la mer et la terre et le ciel; pense que tu n'es jamais né, que tu es encore embryon, jeune et vieux, mort et au delà de la mort. Comprends tout à la fois, les temps, les lieux, les choses, les qualités et les quantités », recommande Hermès Trismégiste dont l'école médiévale de Chartres connaissait l'œuvre, et dont deux églises belges portent le nom.

Tâche impossible, démesurée? Pour un individu, certainement. Pour une communauté, non. C'est pourquoi les bâtisseurs n'ont pas confié l'édification d'une cathédrale à un artiste ou à un architecte, mais à un Maître d'Œuvre, à un homme qui vit par et pour une communauté dont il est le centre.

La Sagesse étant de tous les temps, le nôtre, malgré sa désacralisation et son errance, n'en est pas plus privé que les autres. Devenir un homme traditionnel est possible en frottant sa pensée à la pierre du symbole.

Du sens intérieur de l'homme et de la signification intérieure des choses

Le Moyen Age ne formait pas des songe-creux, des artistes confinés dans leur gloire personnelle ou dans une quelconque tour d'ivoire. Il créait des « opératifs », des hommes de l'Œuvre, en contact direct avec la matière comme avec l'esprit. Aussi a-t-il largement utilisé un moyen d'approche de la réalité d'une efficacité sans pareille : l'ésotérisme.

De même que le mot « Tradition », le mot « ésotérisme » a subi un nombre considérable d'interprétations farfelues sur lesquelles il n'est pas utile d'insister ici. L'ésotérisme, pour définir le terme le plus simplement possible, est le sens intérieur de toute chose, son

« Nom » comme auraient dit les Egyptiens; afin de percevoir ce dernier, l'homme utilise ce que l'on pourrait nommer un « sixième sens », pour reprendre une expression bien connue. Au sens intérieur des choses correspond donc en chaque être un sens particulier, conçu pour ce type de perception.

Confucius disait : « Je ne puis faire comprendre à celui qui ne s'efforce pas de comprendre. Si je lui ai dévoilé un coin d'une question et qu'il n'en a pas vu les trois autres, je renonce à l'enseigner. » L'ésotérisme est aussi cette attitude de l'esprit qui consiste à poser des questions sur le mystère et au mystère lui-même.

Dans l'ordre rationnel, on attend des réponses logiques à ses interrogations. Dans l'ordre de l'intuition, c'est-à-dire de la vision directe des êtres et des choses, on ne recherche ni une analyse ni une décomposition rationnelle du mystère. On communie avec lui afin de le formuler dans un art.

Dans le *Zohar,* livre sacré des Kabbalistes, les détenteurs de l'ésotérisme judaïque, nous lisons : « Malheur à l'homme qui ne voit dans la Loi que de simples récits et des paroles ordinaires! Les récits de la Loi sont le vêtement de la Loi. Malheur à qui prend ce vêtement pour la Loi elle-même! Il y a des commandements qu'on pourrait appeler le corps de la Loi. Les simples ne prennent garde qu'aux vêtements ou aux récits de la Loi; ils ne voient pas ce qui est caché sous ce vêtement. Les hommes plus instruits ne font pas attention au vêtement, mais au corps qu'il enveloppe. Enfin les sages, les serviteurs du roi suprême, ceux qui habitent les hauteurs du Sinaï, ne sont occupés que de l'âme, qui est la base de tout le reste, qui est la Loi elle-même. »

Voilà une claire invitation à dépasser la forme des sculptures, à entrer dans leur « ésotérisme », c'est-à-dire dans leur signification éternelle.

Les quatre sens de l'Ecriture

« La lettre enseigne les faits,
L'allégorie ce qu'il faut croire,
La morale ce qu'il faut faire,
L'anagogie ce vers quoi il faut tendre. »

Ces maximes dues à Nicolas de Lyre, poète du XVe siècle, résument fort bien la méthode employée par les hommes du Moyen Age pour comprendre l'architecture du réel.

Cette méthode est celle des « quatre sens de l'Ecriture », notamment évoqués par les quatre fleuves du paradis. Sur un chapiteau de Vézelay, ils sont représentés par quatre hommes couronnés qui versent ces sources désaltérantes pour qui cherche la vérité et la vie.

Les Pères de l'Eglise, qui étaient encore au contact des religions dites « païennes », connaissaient certains éléments de leurs rituels initiatiques et savaient que seule l'interprétation symbolique permettait d'aborder les mystères de l'Ecriture sainte. Ils recommandèrent de ne pas trop s'attacher à la lettre et d'aller vers la signification spirituelle.

Lettre et morale, deux des quatre sens de l'Ecriture, sont pour nous des termes familiers. Allégorie et anagogie, en revanche, méritent quelques explications. Par allégorie, nous devons aussi entendre « analogie » à l'époque médiévale, mais cette substitution de termes ne nous avance guère. Pourtant, il est clairement indiqué que l'analogie et l'anagogie sont les deux manières correctes d'interpréter une œuvre d'art.

Analogie est un terme technique utilisé en architecture. « Que deux termes forment seuls une belle composition, écrit Platon, cela n'est pas possible sans un troisième. Car il faut qu'entre eux il y ait un lien qui les rapproche tous les deux. Or, de toutes les liaisons, la plus belle est celle qui se donne, à elle-même et aux termes qu'elle unit, l'unité la plus complète. Et cela, c'est la proportion, l'analogie qui, naturellement, la réalise de la façon la plus belle. » Vitruve, un architecte romain particulièrement estimé des Maîtres d'Œuvre, ajoute : « La proportion que les Grecs appellent analogie, est une consonance entre les parties et le tout. »

Analogie signifie donc, dans la perspective de l'homme intérieur, proportion qui permet d'établir des rapports justes entre les divers éléments qui composent le monde, entre l'homme et l'Architecte divin, entre notre âme et celle d'un animal ou d'une plante, etc.

Elle est la clef de ce que les Anciens nommaient les *petits mystères,* c'est-à-dire les premiers degrés de l'initiation qui consistent à se connaître soi-même et à s'intégrer dans l'harmonie d'une communauté, qu'elle soit humaine ou cosmique.

Celle des *grands mystères* est l'anagogie. On peut rendre très simplement ce terme rebutant par « sens de la spiritualité », « sens de l'essentiel », « capacité de percevoir la nature réelle des choses et des êtres ». Qui en est privé, selon la Tradition, est un individu sans « éducation », c'est-à-dire quelqu'un qui ne s'est pas redressé vers le ciel.

Pratiquer l'anagogie est faire de notre existence quotidienne une recherche de l'invisible sans pour autant négliger le visible. Quand nous atteignons la pierre posée sur le chemin, nous la prenons en main et nous la jetons plus loin. A nouveau, il nous faut l'atteindre; à nouveau, il nous faudra la jeter plus loin et continuer de la sorte. Le chemin des grands mystères n'a pas de fin, le sens de la vie n'est pas épuisable ou définissable selon les lois de la logique.

Tâche exaltante : la joie du voyage, ce n'est pas l'étape que l'on atteint, mais le voyage lui-même. Le bonheur que procure l'initiation, ce ne sont pas les multiples découvertes que procure la recherche, mais la recherche elle-même.

C'est dans la Tradition initiatique que les artisans

du Moyen Age nourrissent leur imagination créatrice, c'est en elle que la communauté des bâtisseurs trouve sa raison de vivre. L'ésotérisme nous offre une possibilité de communier avec cette Tradition; non point un ésotérisme qui se confondrait avec un quelconque occultisme, mais le désir et l'envie d'entrer à l'intérieur de la pensée des Maîtres d'Œuvre et de leurs chefs-d'œuvre.

A Saint-Lô, une sculpture montre un homme, coiffé du bonnet des Maîtres d'Œuvre, qui découvre son cœur et, de la main droite, déploie un long ruban, un phylactère. Donnant libre cours à son intelligence du cœur, il transmet ainsi la Tradition qui lui a permis d'assumer sa fonction. Sur un magnifique chapiteau de Louviers, nous voyons une autre expression de la même idée : un pélican s'ouvre la poitrine pour nourrir ses trois petits, cette scène de sacrifice ayant comme support une couronne.

Acte royal de la transmission, sacrifice du Un qui fait croître le Trois, Sagesse qui s'offre sans compter pour que naisse la conscience de la royauté potentielle qui réside en nous.

L'ignorant n'est pas celui qui ne sait pas, mais celui qui refuse de savoir, qui s'estime supérieur à tout et à tous. Dès que nous avons le désir de comprendre le « pourquoi » de nous-même et de ce que nous rencontrons sur notre route, nous sortons de l'état d'ignorance.

Il est un autre état, plus grave encore, qui consiste à ne pas transmettre la Tradition initiatique que l'on a reçue. C'est ce que les hommes du Moyen Age nommaient l'avarice. Le terrible châtiment de l'avare, de celui qui voudrait empêcher autrui d'aller sur le chemin de la Connaissance, est souvent représenté sur les chapiteaux; par exemple à Vézelay, à Aulnay où l'avare, avec sa bourse inutile accrochée au cou, est dévoré par des démons.

Loin d'être avares, les Maîtres d'Œuvre ont, au contraire, fait preuve d'une générosité exceptionnelle en transmettant, de toutes leurs forces spirituelles et humaines, l'initiation qu'ils avaient vécue. Cathédrales et chapiteaux, stalles et statues, écrits divers sont là pour en témoigner.

Ils savaient que, dans l'arbre de la Tradition, circule la sève du symbole. Ce dernier est la clef d'or qui ouvrira le coffre aux trésors cachés dans l'Œuvre. C'est grâce à lui que le voyage vers la cité céleste peut réellement s'accomplir.

8

VOYAGER PAR LES SYMBOLES

« Quand il est dit que Dieu se promenait à midi dans le Paradis et qu'Adam se cacha sous un arbre, personne, je pense, ne doute un instant que ce soient là des figures, une histoire apparente qui ne s'est pas matériellement réalisée, mais qui symbolise de mystérieuses vérités. Lorsque Caïn fuit la face de Dieu, le lecteur intelligent est tout de suite induit à chercher ce que peut être cette face de Dieu et en quel sens on peut lui échapper. Ai-je besoin d'en dire davantage? Innombrables sont les passages où l'on sent, à moins d'être totalement obtus, que bien des choses furent écrites comme si elles étaient arrivées, mais ne sont pas arrivées au sens littéral... Que tous ceux qui ont le souci de la vérité s'inquiètent donc peu des mots et des paroles, et se préoccupent plus du sens que de l'expression. »

Origène (185-254), *De principiis*, IV, III, 1.

La quête du réel

Les paroles de pierre peuvent nous guérir de nos infirmités spirituelles. Voyager à travers les symboles, à travers les images parlantes, c'est d'abord retrouver un reflet de notre personnalité réelle. « Chaque créature, disait Honorius d'Autun, est l'ombre de la vérité et de la vie. »

Une ombre qui doit devenir clarté, puisque Dieu crée en permanence la lumière du symbole. C'est pourquoi le Moyen Age des cathédrales s'appuya sur cette pierre immuable que n'ébranlent pas les tempêtes de l'histoire. L'artisan initié sait que le chapiteau sculpté est vivant, qu'il est l'un des barreaux de l'échelle menant de la terre au ciel.

Les chemins de la forêt des symboles étaient familiers aux hommes du Moyen Age. Ils savaient que les arbres ne sont pas que des arbres, que le vent est autre chose que le vent; lorsqu'il souffle dans les feuilles des arbres, il fait entendre la voix des oracles, la parole divine. Le monde parle, l'homme voyage.

Le plus difficile, pour nous, est de comprendre que le symbole n'est pas une curiosité, une valeur secondaire, une tendance intellectuelle parmi tant d'autres. Lorsque nous disons aujourd'hui : « c'est symbolique », cela signifie : « ce n'est pas réel ». Pour les Anciens, au contraire, « c'est symbolique » signifie : « c'est le plus réel, c'est l'essentiel ».

Aussi la symbolique est-elle la science des sciences, celle qui exige une participation de l'être entier si l'on désire qu'elle porte ses fruits.

Participation intellectuelle, car il est passionnant de suivre l'évolution d'un symbole depuis ses origines les plus anciennes jusqu'à ses expressions les plus récentes. On se rend compte, ainsi, que les changements de formes, inhérents à la nature humaine, ne dégradent pas la valeur profonde du symbole. Tout au plus parviennent-ils à l'obscurcir pendant un temps. On songe notamment au svastika, symbole de la vie en mouvement chez les Anciens, et associé à l'atroce aventure nazie, comme si notre époque, trop oublieuse de la symbolique, avait subi de la manière la plus cruelle le poids de son erreur.

Participation sensible, car le symbole ne livre pas ses secrets à qui l'étudie de l'extérieur, en érudit ou en homme de raison. Un marin n'étudie pas la mer dans des livres, s'il souhaite vraiment la connaître. De même, décrire un chapiteau, le dater, ne nous permettent pas d'entrer dans le symbole. A nous d'éprouver la chaleur vivante de cette pierre qui parle et, surtout, de modeler notre existence d'après les enseignements que nous avons retirés de notre dialogue avec le chapiteau, avec la cathédrale.

Selon la pertinente remarque de Georges Duby, « apprendre est un acte religieux ». Plus encore, c'est un acte initiatique car les bâtisseurs apprennent ce qui est nécessaire pour s'orienter vers la Connaissance et non pour briller par leur savoir. L'apprentissage de l'art du Trait et de la Divine Proportion sert à construire l'édifice, non à passer des diplômes qui sont la source d'incompétence et d'injustice la plus grande qu'ait inventée l'époque actuelle.

Si le sourire de l'ange de Reims ou celui du « beau Dieu » d'Amiens nous transmettent une telle sérénité, c'est que leur présence, au sens le plus fort du mot, suffit à nous faire redécouvrir un jardin intérieur où se trouve l'arbre de vie. Si Chartres, Laon, Amiens sont autant de voix enchanteresses, c'est que le symbole, immense antenne destinée à capter les aspects les plus mystérieux de la vie, est au cœur de chacune de leurs pierres.

Trois sont les portes qui permettent d'accéder au sanctuaire, trois sont les arbres en Paradis. Sur une porte de bronze de la cathédrale de Hildesheim, on voit ces trois arbres de taille différente. Les disques de bronze et les croix d'Irlande ne nous révèlent-ils pas l'existence des trois dragons et des trois serpents de la Genèse, qui correspondent aux trois principaux degrés de l'initiation?

La symbolique n'est pas un code que l'on apprend par cœur. Le symbole ne se définit pas en termes rationnels, il ne se transmet pas sous forme d'une équation mathématique. Certes, il y a un savoir symbolique, comme il existe un savoir nécessaire pour toute activité humaine. Quand on voit, sur un chapiteau, l'index levé de l'évêque qui bénit, il est utile de connaître l'indication fournie par Eudes de Morimond pour qui l'index équivaut à la « raison démonstrative ». Mais cela n'est pas suffisant. Que signifient ces termes? Que doit « démontrer » l'évêque? De multi-

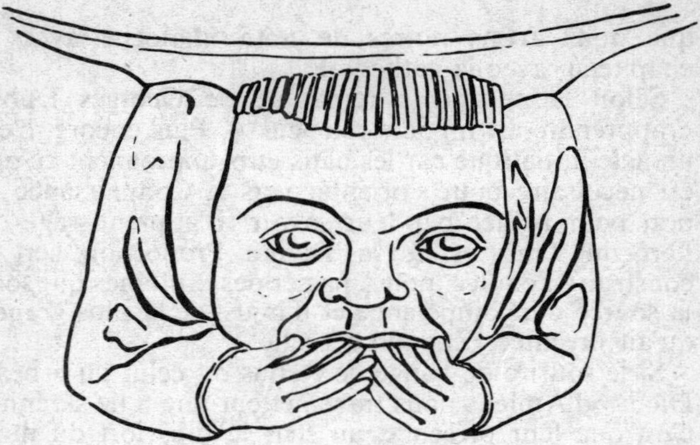

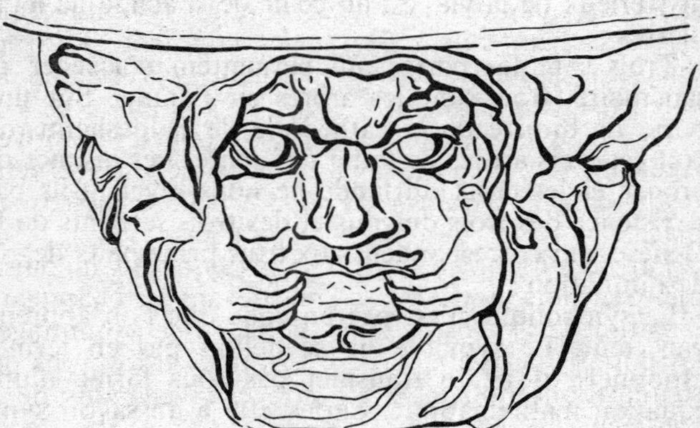

ples questions surgissent, une alchimie commence. Une fois appris le vocabulaire des symboles, leur intérêt majeur réside dans la langue secrète qu'ils composent.

Dijon. Milly-la-Forêt. Dijon.
La mise en œuvre du Verbe créateur en trois étapes : d'abord, les mains dans la bouche; ensuite, l'ouverture de la bouche; enfin, la floraison de la parole qui donne la vie.

Nous n'expliquerons jamais un symbole, car il ne fait pas partie du domaine de l'explicable, de l'analysable, du quantifiable. C'est pourquoi les cathédrales et leurs chapiteaux sculptés ont tant irrité l'Europe dite, en raison d'une surprenante perversion des valeurs, « des lumières ».

Dès le XVIIe siècle, on cherche à repousser le Moyen Age dans les ténèbres, car il bat en brèche les structures glacées de la raison qui, peu à peu, se mettent en place.

Par définition, une figure symbolique est inépuisable. Cent fois, nous repasserons devant les chapiteaux d'Autun, les stalles de Saint-Bertrand-de-Comminges, les portails de Bourges, cent fois nous trouverons des significations nouvelles, de nouveaux chemins de la conscience.

Lorsque le pèlerin, au cours de son voyage, voit deux chevaliers se battre sur un chapiteau, il ressent sa propre lutte intérieure entre la force d'inertie et son désir d'avancer. Il sait que son regard, celui qui ouvre la route, est le troisième terme qui pacifiera cette dualité.

La chouette que le moine contemple dans le cloître l'invite au recueillement, à la méditation, mais aussi à la vision de la lumière dans les ténèbres. Il se souvient que ce cloître, où les énergies se rassemblent avant de féconder le monde extérieur, est semblable à l'île qui émergea des eaux primordiales, au premier jour de la création.

Il est tout à fait regrettable que l'enseignement donné à nos enfants ne fasse aucune part à la symbolique. Même en littérature, le pauvre Moyen Age est bien mal traité; ne parlons pas des œuvres des civilisations traditionnelles dont les écoliers n'entendent même pas parler. La fameuse crise de l'enseignement réside, à notre avis, non point dans la manière de le donner mais dans la matière même dont il est constitué. Ignorer les tragédies de Corneille nous semble sans aucune gravité; mais ne pas savoir déchiffrer les sculptures des temples et des cathédrales est une lacune dramatique dans la formation de notre esprit.

Pour qui apprend à voir, les chapiteaux évoquent de multiples états d'âme, des qualités à acquérir, des travers à éviter, des pièges auxquels on peut échapper. L'homme se construit par son regard, il communique avec autrui par le symbole qui constitue un langage commun avec, pourtant, autant d'interprétations que d'interprètes. Extraordinaire moyen de communication que le symbole dans des civilisations dépourvues de télévision et de radio. Lorsque les moyens modernes d'information comprendront quelle importance il faudrait lui accorder, le symbole reprendra sa véritable place.

Au tympan de la cathédrale pyrénéenne de Saint-Bertrand-de-Comminges, surprenante église-forteresse, on voit le fondateur de l'édifice, l'évêque-chevalier Bertrand. Fait extraordinaire, Bertrand était encore vivant lorsqu'il reçut l'éternité de la pierre. Chacun apprenait ainsi que la divinisation s'accomplit en ce bas monde, que le Maître d'Œuvre est un « héros », au sens mythologique du terme, qui nous indique l'itinéraire à suivre.

Le semeur que l'on voit jeter des graines dans la terre labourée n'est pas seulement un paysan en train d'accomplir un geste banal de la vie rurale. Il est aussi le Créateur qui place dans le corps du monde les graines de la Sagesse.

Pour se débarrasser d'un certain nombre de sculptures bizarres, on les a classées dans la catégorie des « grotesques », des « érotiques » ou des « licencieuses ». Cela permettait de les évacuer des manuels d'histoire de l'art et de la noble thématique religieuse. Erreur profonde et trahison, souvent délibérée, de l'esprit symbolique du Moyen Age.

Les sculpteurs aimaient rire, intégrer tous les aspects de la nature et critiquer ce qui devait l'être. Comme ils ne coupaient pas l'homme en tranches, la sexualité s'intégrait de la manière la plus normale dans le répertoire des images. Figurant au nombre des énergies naturelles, elle fait partie des vertus à exercer.

Parmi les « grotesques » les plus répandus, citons le Maître qui fustige avec des verges les fesses dénudées du disciple. Ainsi, il frappe le « fondement » de l'être, il rétablit la « base » d'une personnalité qui avait tendance à vaciller. Jeux de mots, rire créateur, morale joyeuse du « qui aime bien châtie bien ».

Pénétrer dans l'univers des symboles, c'est faire vibrer en nous la véritable chair de l'humanité, reconnaître la présence du véritable trésor pour la préservation duquel tant d'admirables civilisations ont lutté victorieusement.

Le partage et la réunion du pain

Isidore de Séville, qui vécut au VIIe siècle, nous indique que le symbole est un signe donnant accès à une connaissance inaccessible par tout autre moyen.

Le mot grec *sumbolon* désigne une tablette que l'on brisait en deux. Selon un rite initiatique, le Maître remet l'une des moitiés de la tablette au nouvel adepte qui détient la seconde : ensemble, ils « font symbole ».

Cette scène, nous la contemplons sur un chapiteau de Vézelay où deux ermites réunissent le pain qu'ils viennent de rompre. L'important, en effet, est la connaissance du Tout; le pain de l'eucharistie avait la forme d'une grande couronne, parce que ceux qui « font symbole » accèdent à la royauté authentique.

Enseignement essentiel impliqué par cette signification du symbole : on ne peut pas « faire symbole » dans la solitude. Pour comprendre le monde, pour accéder à l'intelligence, nous devons être dans un rapport de fraternité avec autrui. Quand l'initié désirait faire connaître sa qualité à un autre membre de sa communauté, il lui tendait sa « moitié » de symbole; en la joignant à celle de son Frère, l'Unité se reconstituait.

Signe d'appartenance à une communauté initiatique qui se consacre à l'édification d'un temple, le symbole est aussi signe d'appartenance à l'invisible ou, plutôt, de fraternité avec lui. C'est pourquoi le symbole fait de l'existence du constructeur une extraordinaire aventure où il redécouvre, étape après étape, le processus de la création.

Vincent de Beauvais remarquait que la nature exprime sous des formes concrètes, immédiatement perceptibles, les intentions incompréhensibles de la divinité. Même si nous ne pouvons pas tout comprendre, par conséquent, nous pouvons tout vivre par l'expérience du symbole.

« L'œuvre cachée et mystérieuse est en vous,

disaient les alchimistes; partout où vous irez, elle sera avec vous, à condition de ne pas la rechercher au-dehors. »

Visiter une cathédrale ne doit pas se réduire à une distraction touristique. Etre dans la cathédrale, c'est accomplir un pèlerinage dans l'Œuvre, ne plus chercher au-dehors d'elle la vérité de notre existence. Il nous suffit de passer le seuil, d'être fidèles à la voix de notre conscience et d'écouter celle de la cathédrale. Dès que le porche nous a « avalés », nous franchissons la frontière entre le visible et l'invisible, le monde manifesté et le monde des causes.

Les Anciens avaient compris que les réalités de ce monde des causes ne pouvaient pas s'exprimer autrement que par des symboles. Si les civilisations traditionnelles ont recours à ces derniers, ce n'est pas par goût ou par préférence à autre chose, mais parce que les symboles sont l'outil parfait de la vision intuitive.

Quand nous regardons un arbre, nous savons fort bien, au plus profond de nous-même, qu'il n'est pas seulement un végétal, classé dans telle catégorie, vivant tant d'années, etc. La description de l'arbre ne satisfait que notre mental. En réalité, il nous enseigne le sens de la verticalité, il nous incite à nous redresser, à chercher l'axe de notre vie, à planter nos racines dans la terre et à toucher le ciel de notre faîte.

Par le symbole, les mondes communiquent entre eux. Il nous permet de passer d'un plan à l'autre, en constatant que la même unité règne partout et toujours. A sa naissance, l'homme reçoit les semences de toutes les vies possibles. A lui de choisir celle qu'il développera en lui. Il peut demeurer un végétal, un animal; il peut rester l'homme nu prisonnier des feuillages, comme on le voit sur de nombreux chapiteaux.

Mais ce n'est pas là sa véritable vocation. Comme le souhaitait le Moyen Age, l'homme se doit de faire disparaître l'écran opaque qui le sépare de la lumière divine. S'il le désire, il a la possibilité de devenir transparent, de ne plus croire à l'existence d'un monde matériel qui constituerait une barrière infranchissable entre le visible et l'invisible. C'est notre manière de voir les choses qui constitue cette barrière; en entrant dans la cathédrale, en nous plaçant au centre de nous-même, nous nous mettons en accord avec quelque chose qui nous dépasse. Nous avons le sentiment juste de franchir une frontière, de devenir authentique.

L'homme qui, sur un chapiteau de Vézelay, tient devant lui un globe transparent qui lui permet de contempler le dangereux basilic sans danger, a atteint la transparence indispensable pour voir toutes choses telles qu'elles sont. Cet état spirituel correspond à ce que de nombreuses traditions nomment la simplicité, qui n'est pas à confondre avec une quelconque naïveté. L'homme simple est celui qui a réalisé l'unité avec lui-même et avec le monde extérieur. Il est « simple en esprit », « pauvre en esprit », parce que son désir de percevoir la Sagesse lui donne la possibilité de la découvrir en toutes choses.

Chapiteaux historiés et manière de vivre

Dans son *Essai sur la philosophie des sciences*, le grand Ampère observait que les Anciens utilisaient plus volontiers des symboles que des concepts. A vrai dire, ces symboles étaient les matrices de toute conception, de l'« énergie spirituelle » condensée capable de féconder toute pensée.

Cette énergie ne demeure pas abstraite. Au Moyen Age, elle s'incarnait dans des rites, les uns grandioses comme les initiations ou les liturgies religieuses, les autres modestes, comme les rituels domestiques ou agraires. Des rites des semailles à l'adoubement du chevalier, cependant, c'est le même souffle symbolique qui anime les hommes prenant part à l'action rituelle.

L'essentiel est de faire vivre le symbole. La dernière gerbe qui sacralise la moisson n'est plus une gerbe ordinaire, pas plus que le ciseau qui vient de sculpter un chapiteau ou l'épée qui a consacré le nouveau chevalier. Tous ces objets sont porteurs d'une force particulière, faisant que l'esprit réside dans la matière et la matière dans l'esprit.

L'utilisation de la symbolique permet d'avoir une vision globale de la vie, de ne pas négliger tel ou tel aspect de la nature et de l'homme. Notre progrès technique, dont nous sommes si fiers, correspond à une exploration forcenée de l'une des possibilités du cerveau humain, au détriment des autres fonctions de la conscience. D'où un déséquilibre qui prend parfois des allures de catastrophe.

La nécessité de vivre les symboles, que de brillants esprits ressentent comme un recul, un retour en arrière, nous paraît être, au contraire, le véritable « progrès » qui s'annonce. L'Occident commence sans doute à sortir de la longue nuit de plus de quatre siècles qui succéda à la fermeture des grands chantiers de cathédrales. Pris au piège par sa propre technique, enfermé dans ses propres contradictions économiques, confronté à des pensées venues du monde entier qui font voler en éclats sa religion figée dans le dogme, le monde occidental porte en lui une Tradition qui, nous l'avons vu, est une source de jouvence.

Tout est affaire de conscience. Songeons aux chapiteaux « à têtes » du portail de l'abbaye bénédictine de Müncsmünster, issus de la tradition celtique : cette série de têtes qui sortent de la pierre marque bien l'émergence d'un regard hors d'un « conditionnement ».

Evitons surtout de ressembler aux singes enchaînés représentés sur les chapiteaux auvergnats ou aux acrobates qui marchent sur la tête et pensent avec leurs pieds. Pour ce faire, la grande confusion à éviter est celle qui concerne l'histoire.

Dans les grandes civilisations traditionnelles, l'histoire n'existe pas. On connaît la mythologie, la symbolique, l'art de bâtir, etc., mais pas l'histoire. L'art du Moyen Age ne s'attache pas au boulet du temps, il se situe délibérément au-delà de son époque, au-delà de l'histoire. Débarrassant la morale de son carcan temporel et dépassant les intérêts particuliers des individus, il ne s'enferme donc pas dans le périssable.

Les premières chroniques dites « historiques » déçoivent surtout les historiens, car elles renferment bien peu de faits et d'anecdotes. Quand le moine Ermold le Noir nous parle du sacre de Louis le Pieux, il s'attache plus au caractère éternel de la symbolique royale qu'aux petits faits et gestes de l'individu couronné. Il prononce des paroles aussi vigoureuses que celles-ci : « Que le grand applique la loi et que le petit s'y soumette, sans tenir compte de la qualité des personnes! Point de place pour l'argent corrupteur; au loin les dons qui veulent séduire! Si nous faisons que le peuple respecte la loi ancestrale, alors le Dieu d'en-haut nous octroiera miséricordieusement, à nous et au peuple que nous conduisons, le royaume des cieux. »

Les sculptures symboliques ne nous racontent pas l'histoire, cette condamnée à mort, mais des « hystoires », d'où la qualification de « chapiteaux historiés ». Non pas l'évocation de quelque événement du passé, mais les « hystoires » qui nous concernent directement, l'histoire de la vie de l'homme éternel, de ses faiblesses et de ses forces, de sa Quête de la vérité.

Moyen de transmission tout à fait exceptionnel : si peu d'érudits lisent aujourd'hui les traités philosophiques du Moyen Age, il est possible à tout un chacun de se rendre à la cathédrale ou à l'église, de voir les chapiteaux historiés, de les interroger, de s'interroger.

Le symbole est porteur de significations différentes qui ne sont pas pour autant des contradictions. Il s'agit de diverses facettes d'une même réalité. Selon notre degré d'évolution, nous sommes capables de percevoir le même phénomène de manière différente. Le serpent, par exemple, est porteur de forces maléfiques et dangereuses; il est le fameux tentateur de la Genèse qui amène l'homme à jouer les apprentis sorciers. Mais il est aussi, d'après la tradition hermétique, l'intelligence qui se faufile à travers les phénomènes apparents pour en discerner la trame.

Au plafond de la maison des Templiers de Metz, on voit des animaux qui singent les hommes. Ils représentent un monde inversé, qui est nôtre tant que nous n'avons pas l'intelligence des *Bestiaires*, c'est-à-dire des recueils symboliques où le message incarné par chaque animal nous est révélé.

Ne faisons pas de zoologie quand nous voyons un éléphant sur un chapiteau, ou bien un phénix qui brûle sur un bûcher. Ce ne sont pas là des observations naturalistes mais des étapes de la nouvelle naissance de l'initié, qui acquiert la puissance de l'éléphant et le pouvoir de régénération du phénix.

Devant les sculptures des cathédrales se produit en nous une rupture par rapport à notre existence profane. Si nous acceptons de lever les yeux, tout un univers commence à nous poser des questions. Sommes-nous l'avare qui refuse de transmettre et se condamne à la perdition? Sommes-nous le gardien de la balance céleste, qui veille à la rectitude en toutes choses? Sommes-nous le magicien qui se transforme en harmonisant les éléments naturels? Avons-nous la puissance du taureau, la patience du laboureur, le courage du chevalier?

Tout est symbole, rien n'est imaginaire. Cet univers est d'une grande précision, d'une grande rigueur car il est le lieu toujours mouvant et toujours renouvelé où se libère notre conscience.

Le silence et la parole

L'une des vertus principales des Anciens consistait à écouter, puis à entendre. Ils pratiquaient le silence avec amour, afin d'entendre cette « voix de la conscience » qui s'élève en nous lorsque notre intérêt personnel passe après notre désir de percevoir le « pourquoi » de toutes choses.

Lorsque nous écoutons le silence, le tumulte des phénomènes extérieurs s'estompe. Ce que nous avons en commun avec la nature, la lumière divine, se dévoile.

La démarche rationnelle consiste à apprendre et à savoir. Du moins à croire que nous savons, car les connaissances sont passagères. La démarche symbolique consiste à éprouver, à épanouir ce que le Moyen Age nomme, d'une expression magnifique, notre *capacité de Dieu.*

Chacun d'entre nous capte la réalité à sa manière. Pourtant, nous captons tous quelque chose de permanent, de fondamental, qui est la vie elle-même. Par l'expérience du symbole, nous accroissons notre « capacité de Dieu », nous élargissons nos possibilités de perception.

Si le symbole nous paraît parfois obscur, difficile à saisir, c'est que notre « capacité de Dieu » est insuffisante et que nous n'avons pas fait suffisamment silence devant lui. Au pied de la montagne, nous ne comprenons pas le récit que nous a fait celui qui est parvenu au sommet. Il nous lègue quelques impressions, quelques descriptions mais à notre tour, il nous faut accomplir l'ascension pour découvrir un paysage prodigieux.

L'expérience spirituelle ne peut se transmettre que par des symboles. C'est pourquoi les hommes du Moyen Age se sont réunis en communautés, qu'il s'agisse des moines ou des bâtisseurs. Etudier un symbole dans la solitude ne suffit pas. Il faut confronter son point de vue avec d'autres, partager le regard d'autrui. Maître Eckhart nous parle du château de l'âme et de la triple lumière de la Connaissance. Triple, car l'homme naît avec le Trois, de même que la première figure géométrique perceptible est le triangle.

Le symbole est la « substantifique moelle » de chaque chose. Il est la matière dont se compose le moyeu de la Roue de Fortune qui fixe les destinées et dont le seul caractère immuable est le mouvement même de la roue.

Quand le Christ utilise les paraboles pour transmettre son enseignement, il parle par symboles. « La différence entre les hommes, écrit Marie-Madeleine Davy, se réduit à celle-ci : la présence ou l'absence de l'expérience spirituelle. Si lumineuse qu'elle soit, cette expérience n'est pas acquise une fois pour toutes, elle est vouée à des approfondissements successifs; c'est pourquoi l'homme en qui elle s'accomplit est attentif aux signes de présence, aux symboles qui, telles des lettres, lui apprennent un langage, le langage de l'amour et de la connaissance. L'homme spirituel est instruit par les symboles et quand il veut rendre compte de son expérience ineffable, c'est encore aux symboles qu'il a nécessairement recours. »

Dans son chef-d'œuvre *Le Jeu des perles de verre*, l'écrivain Hermann Hesse consacre d'admirables pages à la pratique du symbole, au langage universel qu'il compose. Les « joueurs » établissent des relations entre les composantes de la vie; les rois de l'ancien monde avaient précisément à répartir les richesses, spirituelles ou matérielles, de manière équitable. Ce n'est probablement pas par hasard que la science de la construction reçut le nom d'*Art royal.*

Pour le « joueur », pour celui qui pratique le symbole comme une règle de vie, la tâche principale consiste à « rectifier les dénominations ». L'un des maux les plus graves dont souffre notre époque est certainement la confusion des noms. Nous appelons liberté ce qui n'est qu'indépendance, connaissance ce qui n'est que croyance, vérité ce qui n'est qu'exactitude.

Dans ce que nous croyons être des concepts créateurs, nous ne plaçons que des formes vides parce que les dénominations se sont confondues. On se souviendra que, dans la Genèse, le premier Adam nomme avec justesse les végétaux et les animaux. Nommer les chapiteaux, tenter de percevoir leur signification, revient à nous connaître nous-même, non pas en tant qu'individu mais en tant que joueur du jeu des perles de verre, symbole parmi les symboles.

Les enfers dans lesquels nous nous trouvons ne sont pas si éloignés du Paradis. Dans un écoinçon sculpté de Worcester, on voit un diable, avec la tête à la place du sexe, des griffes à la place des pieds. Il entraîne vers la gueule de l'enfer trois personnages nus et ligotés. L'enfer, par conséquent, contient en lui toutes les valeurs créatrices, mais elles sont mal réparties, mal distribuées.

La figure du dragon peut être interprétée dans une semblable perspective : symbole du mal, de la destruction, d'une part, mais, d'autre part, incarnation de la puissance fulgurante qui anime l'univers. Le chevalier initié ne tue pas le dragon : il le soumet, le pacifie. Il sait que la bête monstrueuse est le gardien de trésors cachés.

Le symbole parle quand nous lui posons des questions. Aussi ne faut-il pas craindre d'y trouver des significations que les Anciens n'avaient peut-être pas entrevues, car c'est la recherche initiatique elle-même qui fonctionne ainsi. Une sculpture symbolique ressuscite dans chaque regard nouveau qui la contemple. Les anciens rédacteurs de textes sacrés ajoutaient des interprétations à celles de leurs prédécesseurs, sans qu'elles se suppriment pour autant. L'imagier qui avait sculpté un chapiteau lui incorporait un certain nombre d'expériences initiatiques; à nous de continuer sur cette voie.

Beaucoup de chapiteaux nous montrent des créatures prisonnières d'entrelacements de feuillages, prises au piège d'un fouillis végétal inextricable. Nous, hommes du XXe siècle, vivons quotidiennement dans ce réseau compliqué qu'est la manifestation, voire la dispersion. Pour l'homme du Moyen Age, le monde vient de l'Un et retourne à l'Un. Il faut donc sortir de la dispersion, retrouver l'unicité primordiale.

Les symboles sont les lampes sur notre route, les étoiles qui nous guideront pour sortir d'une existence anarchique et devenir un homme nouveau, une pierre de la cathédrale qui s'édifiera jusqu'à la fin des temps.

La main tendue du symbole

Le Moyen Age historique est mort. Qu'on le regrette ou non, le fait est là. Le Moyen Age symbolique, le seul qui vaille la peine d'être étudié et compris, est beaucoup plus vivant aujourd'hui qu'hier. Grâce au recul dont nous disposons, nous voyons beaucoup mieux ses lignes de crête, nous discernons de manière plus précise les flèches des cathédrales qui tranchent si nettement sur la grisaille de nos cités.

Le symbole, à l'heure actuelle, n'occupe qu'une place très secondaire dans l'organisation de la société. Qui imaginerait un président quelconque expliquant, dans son discours, que son principal devoir de chef d'Etat est de construire le temple et d'offrir à chacun des possibilités d'évolution spirituelle? Pourtant, il en fut ainsi pendant plusieurs millénaires, et c'est sans nul doute, contrairement à ce que l'on pourrait penser, la situation présente qui est choquante et, sans doute, passagère.

Que les circonstances se prêtent ou non à leur manifestation, les symboles tissent toujours la trame du réel. Si les civilisations sont mortelles, les symboles ne le sont pas. Le roi Artus, grand maître des chevaliers de la Table Ronde, fut mortellement blessé, mais il ne mourra pas. Etendu sur un lit d'or en l'île d'Avalon, tel un Osiris, il attend celui qui viendra le relever. Car seule une vie en royauté, une vie en symboles, permet au monde de s'épanouir au matin et de révéler sa sagesse au soir.

Chacun de nous, il est vrai, est marqué par son temps. Mais être l'homme d'une époque ne suffit pas : comme le souhaitaient les Anciens, il faut prendre appui sur ce qui est pour découvrir l'architecture de toutes choses. C'est bien là le rôle d'un Maître d'Œuvre qui exprime ce qui se trouve au-delà du temps dans la forme particulière de son temps.

Les symboles fondamentaux ne sont liés ni à une époque ni à un pays. Occidentaux et Orientaux accordent la plus grande importance au phénix, par exemple, parce que l'oiseau de la régénération par le feu leur paraît être l'incarnation d'un moment clef dans l'évolution de la conscience. Un ancien Egyptien, un peintre chinois, un dessinateur du Moyen Age tracent la même croix dans un même cercle pour évoquer l'organisation de l'univers selon ses quatre orients.

La connaissance des traditions sacrées, d'Occident ou d'Orient, devrait inciter notre civilisation dite « moderne » à un peu plus de modestie. La religion du progrès, dont les dogmes commencent heureusement à être battus en brèche, se révèle d'une singulière pauvreté face aux anciennes sagesses.

Le symbole est une main tendue. « Que celui qui cherche, dit le Christ de l'Evangile selon Thomas, ne cesse pas de chercher jusqu'à ce qu'il trouve et, quand il trouvera, il sera troublé et, ayant été troublé, il sera émerveillé et il régnera sur le Tout... Le royaume est à l'intérieur de vous et il est à l'extérieur de vous. Lorsque vous ferez de deux Un, et que vous ferez l'intérieur comme l'extérieur et l'extérieur comme l'intérieur, alors vous entrerez dans le royaume. »

Pont entre l'homme « naturel » et l'homme « réalisé », le symbole nous invite à lancer une flèche vers le centre des cieux, tel le Sagittaire de la cathédrale de Reims, qui n'oublie pas, pour autant, d'avoir les quatre pieds solidement campés sur la terre. Le Christ en majesté du portail d'Autun est l'une des plus parfaites illustrations de cette synthèse entre la forme et l'esprit; en s'identifiant au symbole, en acceptant l'ascèse qui l'a dépouillé de son individualité, le sculpteur n'a rien perdu de son génie propre. Au contraire, il a développé en lui des facultés de création qu'il ne soupçonnait pas. En se mettant au service du chapiteau à sculpter, du symbole dont il devait faire entendre la voix, il a réalisé l'union apparemment impossible entre un modèle sacré et sa propre personnalité.

Un Compagnon du Tour de France nous disait un jour, en décrivant sa manière de choisir les bonnes pierres qui s'intégreraient à l'édifice : « Je ne mesure pas, je pose ma main sur la pierre. Alors, je la connais. Je la prends ou je la rejette. » Pas de calcul mécanique, pas d'analyse rationnelle de la vie; la cathédrale est un être animé où sont présents les rapports harmoniques du cosmos. Ils demandent, pour être aimés à leur juste « mesure », une semblable recherche d'harmonie de notre part.

Avant même de transmettre une Tradition initiatique, le symbole incarne une manière d'être. Il est une pierre magique qui sacralise tout ce qu'il touche. Peut-être les symboles n'ont-ils aucune importance en eux-mêmes, ne sont-ils que des catalyseurs, les fruits d'un mariage entre l'esprit et la beauté. Chaque symbole n'est-il pas de même nature que l'enfant-Dieu, qui tient dans sa main le globe de l'univers ordonné, surmonté de la croix de la rédemption?

C'est pourquoi, lorsque nous cherchons à éclairer la signification des symboles, tout dépend de notre état d'esprit. Nous avons vu que le symbole était une véritable richesse, non dégradée par l'usure du temps. A nous de ressentir aussi le mystère qu'il porte en lui.

« Nos très saints fondateurs, disait Denys l'Aréopagite, en nous admettant à la contemplation des mystères sacrés, n'ont pas voulu que tous les spectateurs pénétrassent au-dessous de la surface, et c'est pour les en empêcher qu'ils ont chargé la célébration de tant de cérémonies symboliques, d'où il arrive que ce qui est Un, en soi indivisible, n'est livré que peu à peu, comme par parcelles, et sous une infinie variété de détails. Et cependant, ce n'est pas uniquement à cause de la multitude profane, qui ne doit même pas entrevoir l'enveloppe qui recouvre les choses, mais aussi à cause de l'infirmité de nos sens et de notre propre esprit qui a besoin de signes et de moyens matériels pour s'élever à la compréhension de l'immatériel et du sublime. »

Pour parvenir à rendre nos sens moins infirmes et à s'élever à la perception de l'immatériel, le Moyen Age nous offre deux grandes voies : celle de la main et celle de l'esprit.

9

LES DEUX CHEMINS

> *« La réalisation de l'harmonie me semble être la condition nécessaire pour permettre à l'homme d'atteindre pleinement, à la fois son but naturel qui est de manifester les perfections divines en lui-même et autour de lui par ses œuvres, et son but surnaturel qui est de retourner vers l'Absolu dont il est issu. »*
>
> Le Maître d'Œuvre Petrus Talemarianus, dans *De l'architecture naturelle.*

La distinction entre « travailleurs intellectuels » et « travailleurs manuels » est l'une des plus classiques de notre époque. Elle lui semble tellement évidente et tellement certaine que la plupart des historiens l'appliquent sans autre forme de procès aux époques antérieures et, notamment, au Moyen Age. Cela donne un excellent procédé « dialectique » et une analyse sociologique sans surprise.

Cette distinction, malheureusement pour les dialecticiens et les théoriciens, apparaît tout à fait erronée. Si les cathédrales ont résisté à la féroce incompréhension de quatre siècles et si leur esprit traverse les temps, c'est qu'elles sont nées d'une intelligence intuitive où les dialectiques les plus sophistiquées n'ont qu'une place très restreinte.

Il est clair, cependant, que le Moyen Age, pour nous permettre de forger cette intuition qui construit des cathédrales, nous propose deux outils : la voie « spéculative », celle de l'esprit, et la voie « opérative », celle de la main. On les comparait aux deux yeux d'un

Le Puy, cloître.
Le Sage indique les deux chemins : celui de la « Voie brève », du feu, de l'intuition directe; celui de la « Voie longue », de l'eau, de l'expérience. L'étoile, le carré et le cercle marquent les trois étapes de l'initiation.

visage, ce qui doit nous inciter aussitôt à ne pas les placer en opposition.

Par « spéculatif », nous entendons aujourd'hui une réflexion sans fin, une méditation vague sur des problèmes loin du réel. A l'époque médiévale, « spéculation » a un tout autre sens. Le mot vient du latin *speculare* et fut mis à l'honneur par Vincent de Beauvais dans le titre de son immense ouvrage, le *Speculum majus,* « le Grand Miroir ».

Spéculer, c'est disposer du miroir qui reflétera les

lois divines et nous permettra donc de les connaître. C'est aussi observer les astres, apprendre à connaître les lois du cosmos. L'homme juste, selon Vincent de Beauvais, est le miroir du cosmos où se reflète l'invisible. Par la pratique de la spéculation, nous nous mettons donc en état de création.

Aussi l'artisan est-il d'abord un homme spéculatif. Il met au monde des œuvres qui sont autant de miroirs dirigés vers la Lumière. Comme Dieu naît à chaque seconde, comme il est présent partout et toujours, selon l'affirmation de Maître Eckhart, l'œuvre « spéculativement » correcte est un prolongement de sa pensée. Le Maître d'Œuvre collabore à la pensée divine, la rend manifeste sur terre.

Les sculpteurs n'étaient ni des hypocrites ni des croyants aveugles. Ils s'intégraient dans la forme traditionnelle de leur temps, le christianisme, mais la dépassaient par leurs connaissances symboliques et ésotériques. Chargés de transmettre une Tradition initiatique que nous avons évoquée, ils étaient d'authentiques « spéculatifs » en ce sens qu'ils diffusaient la lumière, d'où qu'elle vienne.

Si des théologiens comme Bernard de Chartres ou Jean de Salisbury ont tant scruté les religions anciennes, c'est parce qu'ils étaient dépourvus de sectarisme. Leur « spéculation » leur apprenait à ne pas dresser des barrières entre l'expérience spirituelle des Anciens et la leur.

Le désir de l'homme « spéculatif » est de faire vivre l'esprit en l'alourdissant le moins possible de tendances individuelles et particularisantes. La cathédrale n'appartient à personne, elle n'est signée de personne. Elle ne rejette aucun symbole, aucune expression. Les humanistes du XVIIe siècle abattront des portails et détruiront des statues parce qu'ils ne leur plaisaient pas; les hommes du Moyen Age ne sont pas des humanistes, parce qu'ils voient plus loin que l'homme individuel, plus loin que ses goûts et ses passions.

Les valeurs « spéculatives » sont les nourritures de

la vie intérieure, non des théories froides et desséchées. Cette « religion » vécue, autrement dit ce qui relie l'homme à la Création, ne se limite pas aux dogmes d'une croyance. C'est pourquoi l'Eglise du Moyen Age accueillit dans ses cathédrales des symboles dits « païens », des récits mythologiques, des cycles chevaleresques. Cette tolérance n'est pas une passivité. Ni spiritualiste ni matérialiste, l'art des cathédrales ne sépare pas l'Abbé du Maître d'Œuvre, qui étaient souvent, d'ailleurs, un seul et même homme. La science « spirituelle » de l'Abbé a besoin de la science « matérielle » du Maître d'Œuvre; la spiritualité de l'Abbé n'a de sens qu'à condition d'être matériellement vécue par la communauté des Frères, la matérialité de la cathédrale du Maître d'Œuvre n'a de signification qu'à la condition de transmettre une spiritualité, une Tradition initiatique.

Les bâtisseurs et les sculpteurs sont des « pontifes », des êtres qui créent un pont, une relation entre l'univers et l'homme. La légende de la création de la communauté dite des « Frères pontifes » est particulièrement significative à cet égard. Un homme d'Avignon, nommé Bénézet, vit le Christ en songe. Le Seigneur lui ordonna de bâtir un pont. Bénézet entra dans la cathédrale d'Avignon et osa interrompre l'office célébré par l'évêque.

« Ecoutez tous, dit Bénézet, je suis envoyé par Notre-Seigneur Jésus pour construire ici un pont sur le Rhône. » Indignation, protestations : on enferma l'impudent dans une prison et on le fit comparaître devant un tribunal. Bénézet, imperturbable, répéta la même chose. Pourtant, lui objecte-t-on, Charlemagne lui-même n'a pas réussi à construire ce pont!

Bénézet persiste. Que Charlemagne ait échoué lui importe peu. Pour prouver la véracité de ses dires, Bénézet parvient à soulever une pierre gigantesque dans la cour du palais. Il l'emporte vers le fleuve, suivi par une foule stupéfaite à la tête de laquelle se trouve l'évêque en personne. Le bâtisseur lance l'énorme roc dans l'eau, posant ainsi la première pierre du pont. Afin que l'œuvre soit accomplie, il crée la confrérie des Frères pontifes.

Splendide récit qui est l'image même de la vie « spéculative » : oser, contre vents et marées, poser la première pierre d'une vie initiatique, même si elle nous paraît gigantesque, impossible à déplacer, même si le monde qui nous entoure ne comprend pas nos intentions. Lorsque l'Œuvre commencera à s'édifier, l'évêque lui-même, autrement dit les croyances de son époque y donneront leur accord.

Cette spéculation, qui est une aventure de l'esprit, nous convie à suivre l'étoile des Mages, à partir vers la source de la Lumière. « Si le bonheur dépendait du confort, écrit Geneviève d'Haucourt, nous pourrions croire que nos pères étaient moins heureux que nous; s'il dépend de notre attitude en face de la vie, nous pouvons penser que cet âge de certitude métaphysique a connu, plus que le nôtre, d'allégresse ou, du moins, de paix intime et d'équilibre profond. »

La voie spéculative n'aurait pas conduit à cette harmonie de l'être si elle n'avait été accompagnée de la voie dite « opérative ». Connaissance de la main au sens strict, cette dernière met en œuvre les intuitions de la pensée spéculative et leur donne une chair. Le geste d'un sculpteur sacralise la matière.

Cette voie opérative est un chemin de lutteur, de « guerrier » au sens noble du terme. Il s'agit de façonner l'œuvre, de lutter contre la matière ou, plus exactement, avec elle. Les moines sont des guerriers en contact direct avec l'invisible et avec ses forces négatives ou positives. Leur combat est nécessaire pour que s'accomplisse la rédemption des autres; il en est de même pour l'action des constructeurs de cathédrales qui, par leur victoire sur la pesanteur de la conscience, offrent à chacun un lieu de Connaissance.

Selon Guillaume de Digulleville, l'inverse du singe attaché à son billot est le pèlerin. Le singe imite, exerce une habileté mentale, mais ne crée pas. Le pèlerin est en mouvement, mais il doit se méfier de personnages dangereux, comme ce Blaisot qui n'a pas de tête et qui égare les voyageurs ignorant leur chemin. Tel Joseph portant un bâton fleuri, comme on le voit sur une stalle de la cathédrale d'Amiens, le pèlerin qui chemine vers la Connaissance tient en main un axe cosmique, un « bâton de sagesse ».

Faisons bon accueil au pèlerin qui est en nous et qui demande à découvrir les paysages de la conscience. Accordons-lui l'hospitalité, le pain, l'eau et le feu. Souvenons-nous que les moines comme les Maîtres d'Œuvre étaient avant tout des itinérants qui parcouraient les pays, allaient de monastère en monastère, de chantier en chantier. Les moines irlandais n'hésitaient pas à s'abandonner à la mer, au péril de leur vie, car ils s'en remettaient à la volonté divine qui les guidait vers des horizons toujours surprenants.

Le pèlerinage est une action « opérative », de même que toute mise à l'épreuve. En parlant du rôle de l'abbé, saint Grégoire le Grand a énoncé cette maxime d'une importance considérable : « Qu'il n'atténue pas en lui le soin de la vie spirituelle en s'occupant des affaires extérieures; et qu'il ne néglige pas de veiller aux besoins extérieurs par souci de sa vie intérieure. »

Quand l'abbé Suger construit Saint-Denis en l'ornant de toutes les beautés et en réunissant les meilleurs artisans d'Europe sur un même chantier, il suit très précisément ce conseil. « Le charme des gemmes multicolores, écrit l'abbé Suger, m'a conduit à réfléchir, transposant ce qui est matériel en ce qui est immatériel, sur la diversité des vertus sacrées; alors il me semble que je me vois moi-même résider, comme en réalité, dans quelque étrange région de l'univers, qui n'existe antérieurement ni dans le limon de la terre ni dans la pureté du ciel et que, par la grâce de Dieu, je puis être transporté d'ici-bas dans le monde plus élevé de manière anagogique. »

Evoquant les objets sacrés, les ornements, les parures qui rendent étincelant le premier art gothique, Suger parle de « pureté intérieure » et de « noblesse extérieure », définissant ainsi les deux chemins de l'art symbolique. Le Christ d'Amiens, qui parcourt la Jérusalem céleste, tient deux lampes : l'une dispense la lumière céleste, l'autre la lumière terrestre. L'une ouvre la voie spéculative, l'autre la voie opérative.

Dans les voussures de Sainte-Marie d'Oloron, l'un des vieillards de l'Apocalypse accomplit un geste que fait également le Christ du tympan de Sainte-Foy de Conques : main droite levée vers le ciel, main gauche baissée vers la terre. Que le ciel descende vers la terre, que la terre monte vers le ciel : toutes choses seront alors « mariées », la connaissance de soi sera la connaissance du monde. La sirène figurée sur un chapiteau du cloître de San Pedro de Galligans est pourvue de deux utérus : en tant que symbole de l'harmonie des sphères, elle accorde deux types de naissance; l'une donne un modèle céleste au quotidien, l'autre introduit le quotidien dans le surnaturel. C'est sans doute pourquoi le roi de France avait un « corps immortel » et un « corps mortel ».

La communauté est « opérative » parce qu'elle donne à ses membres leur raison d'être. Par le travail de la main s'accomplit un accord profond avec l'Architecte des mondes. « C'est atrophier l'homme, disait un Compagnon maréchal-ferrant, que de ne pas lui laisser dire, à l'occasion, au cours de ses journées de travail, par des arabesques qui se roulent et se déroulent dans la lumière en décrivant des motifs et des volumes ou en allant se perdre en elle, ses états d'âme, les mouvements de son esprit. »

Actes « spéculatifs » et actes « opératifs » ont été si étroitement liés dans les communautés de constructeurs que la pensée créatrice de ces hommes s'est traduite par des cathédrales. Les plus grands espoirs nous sont permis, par conséquent, si nous reprenons les outils qu'ils ont employés et les méthodes qu'ils ont pratiquées. Le temple qui s'édifie demeure la pierre d'angle de l'homme et de la société, quelles que soient les conditions temporelles ou spatiales. Il est ferment d'une cité qui célèbre la fête de l'esprit grâce aux rapports harmoniques entre l'homme et le sacré.

Par la présence du temple en nous-même et dans la cité s'opère un retour vers la source, un pèlerinage vers la Cause. « Connaître hier, aujourd'hui et demain », selon la phrase rituelle des anciennes initiations, n'est pas une utopie puisque l'homme qui unit les voies spéculative et opérative est héritier du passé, créateur du présent et responsable de l'avenir.

Gardien des sciences hermétiques, le roi Salomon est l'une des figures symboliques qui incarnent cette présence de l'initié au carrefour des temps. Par son mariage avec la reine de Saba, il unit deux mondes, deux formes traditionnelles. Son jugement, représenté notamment à Auxerre, est un choix entre l'âme noble et l'âme indigne.

Au-dessus des piliers des nefs, on voit souvent deux sortes de têtes; les unes torturées et grimaçantes, les autres souriantes et calmes. C'est notre propre destinée qui est ainsi inscrite dans la pierre. Les chemins de l'art de vivre nous conduisent dans les mystérieux pays des cathédrales pour dialoguer avec les pierres vivantes. En ces lieux, et dans ce mystère, se trouve le secret de notre accomplissement.

L'un des motifs de l'église normande de Caudebec-en-Caux est un tricéphale, une tête à trois visages comportant deux yeux, trois bouches et trois nez. Trois est le Nombre de la naissance de toutes choses. Premier pas vers la lumière, il est le signe que la voix des symboles commence à parler dans notre monde intérieur.

L'imagier nous offre un message d'une inestimable valeur en nous révélant trois stades fondamentaux de la pensée humaine réunis sous un même chapeau, c'est-à-dire dans le même être. Ne croyons pas que la langue tirée du visage de gauche est symbole de moquerie; il ne s'agit pas d'une grimace, mais de l'expression de la force créatrice du langage, de la parole juste.

Le visage de droite est celui de l'homme dubitatif qui considère les choses avec recul et ne s'engage pas dans une voie quelconque sans avoir beaucoup réfléchi. Au centre, c'est l'homme enthousiaste et chaleureux qui participe à la vie de tout son cœur; partout où il passe, il répand la joie et ranime les inquiets et les désespérés. Il transmet par la parole l'expérience spirituelle et nous révèle le message des symboles.

Ces trois visages de l'homme, nous pouvons les vivre dans l'unité et mettre en œuvre dans notre existence les trois qualités dynamiques qu'ils évoquent.

Comprendre la spiritualité, pensaient les Maîtres d'Œuvre, ne suffit pas; il faut la toucher de ses mains, l'expérimenter. « Si l'homme fait convenablement son métier, le métier fera son homme, écrit Luc Benoist en résumant fort bien le message des Compagnons du Tour de France; cet homme complet des origines, ce chef-d'œuvre des derniers jours, faites-le vous-mêmes, ou, plutôt, soyez-le vous-mêmes! Alors seulement vous serez un Compagnon fini. »

« Vous verrez par vous-mêmes, disait saint Bernard, que l'on peut tirer du miel des pierres et de l'huile des rochers les plus durs. » Les bâtisseurs savaient que les dieux sont nés de la pierre, qu'ils étaient des « soleils de justice ». Saint Paul n'avait-il pas écrit : « Ils buvaient à un rocher spirituel... et ce rocher était le Christ »?

Une légende racontait que le diable avait voulu devenir tailleur de pierre. On l'accepta sur le chantier, mais le Compagnon qui travaille avec lui pose une condition : celui qui terminera son travail le premier touchera les deux salaires. Le Compagnon, qui dispose d'un excellent outil en rapport avec le travail à accomplir, donne au diable un mauvais outil! Tel est bien le diable; celui qui n'a entre les mains qu'un outil inadapté à sa fonction et qui travaille dans le vide, à la fois loin de la voie spéculative et de la voie opérative.

Par l'union de l'esprit et de la main, le bâtisseur devient un homme en voie d'accomplissement de l'Œuvre et de lui-même. Si la notion de « modèle » ou d'« exemple » a encore une signification, c'est bien vers cet homme-là que nos regards doivent se tourner.

CONCLUSION

L'ÉTERNELLE SAGESSE DES CATHÉDRALES

« Un point,
Qui se place dans le cercle,
Qui se trouve dans le carré,
Et dans le triangle :
Si vous trouvez le point,
Vous êtes sauvés,
Tirés de peine, angoisse et danger. »

Maxime des Compagnons.

Parlant de la cité céleste, l'évêque Adalbéron disait : « Les murs là sont sans pierres, les pierres sans murs; ce sont des pierres vivantes. » En ce temps-là, dans le temps de la cathédrale, les pierres parlaient et dansaient lorsque les anges chantaient.

L'art de vivre des bâtisseurs est toujours présent en nous, par l'intermédiaire de ses sanctuaires, de ses sculptures, de son message. Les symboles qui se présentent à nous sont issus d'une tradition initiatique où l'instant de conscience est la valeur première.

Dans cette tradition, qui est celle des constructeurs de temples, nous sont offerts d'immenses trésors qui sont autant de manifestations du Principe et qui nous convient à remonter de l'embouchure vers sa source. Ces trésors sont là, tout près de nous; le royaume de l'esprit est si proche qu'il suffit de passer le seuil de la cathédrale pour le découvrir.

L'enseignement des sculptures symboliques n'appartient pas au passé. Mettant en lumière ce qui rassemble les hommes, ce qui les unit au cosmos, il demande de notre part un véritable engagement. Ce dernier consiste à reconnaître que l'individu n'est pas la clef de toutes choses. La vénération de l'individu, l'humanisme à tout prix ont conduit l'Occident moderne loin des chantiers de cathédrales; si nous désirons à nouveau pénétrer dans le temple où se trouve la règle d'or d'une vie harmonieuse, il faut accepter de reconnaître que certaines fausses valeurs, comme le progrès à tout prix ou la recherche effrénée du bénéfice personnel pour ne donner que deux exemples, sont des obstacles sur le chemin de la Connaissance. Dans la cathédrale, comme l'écrit Louis Gillet, « pour la première fois l'homme s'oublie, il s'arrache à lui-même, il quitte tout pour suivre ses voies, se confondre dans la vague immense qui l'emporte. Il se perd et il trouve l'univers. »

Il serait regrettable de regarder l'art médiéval à la manière du touriste trop pressé, qui passe dans sa propre existence sans y prendre garde, ou de l'érudit qui refuse toute perception sensible. Cet art est destiné à augmenter notre « capacité de Dieu », à faire naître le regard de lumière qui éclairera aussi bien la signification des chapiteaux que celle de notre propre vie.

Les symboles ne sont pas le fruit d'une volonté de garder un secret, mais l'expression naturelle des étapes sur la voie de l'accomplissement. Retenons une maxime de saint Augustin qui constitue une excellente méthode pour aborder l'univers des symboles : « L'important, disait-il, est de méditer la signification d'un fait et non d'en discuter l'authenticité. » L'authenticité des faits, plus ou moins établie, est du domaine de l'histoire et de la mort. La recherche de la signification de toutes choses est le premier pas de l'homme qui s'initie à une vie en conscience.

Le phénix n'est pas « authentique », puisqu'il n'existe pas dans les traités d'ornithologie; mais sa signification est essentielle, puisqu'il nous apprend à brûler nos insuffisances et à renaître des cendres du vieil homme. Critiquer les légendes d'un ton ironique, traiter les sculptures du Moyen Age de grotesques par peur de les interroger, se contenter d'en décrire le style et de les dater : voilà autant de fuites en avant, de refus de s'interroger soi-même sur ce que l'on est.

Aucune cathédrale n'est une fantaisie esthétique érigée pour le plaisir de l'œil. De telles notions, si prisées dans l'« art moderne », sont inconnues des Maîtres d'Œuvre. S'ils construisent des temples, c'est pour incarner dans la pierre le mystère par nature et donner à chaque pèlerin une possibilité de le percevoir.

Chaque cathédrale est une parole du Verbe. L'homme nouveau est le Verbe en nous, explique Hermès Trismégiste, parce qu'il nous permet de nommer les êtres et les choses, donc de connaître leur réalité surnaturelle.

Dans le rituel de consécration de l'église, l'évêque prononce ces mots : « J'entendis une voix puissante qui disait : " Voici le tabernacle de Dieu parmi les hommes; il habitera au milieu d'eux, ils seront son peuple, et Dieu lui-même demeurera avec eux. " » Cette voix puissante est toujours présente dans les

Orbais
L'équerre et le compas dans les mains du Maître d'Œuvre : lui seul sait manier les outils primordiaux avec lesquels il manifeste sur terre les lois célestes en rectifiant la matière.

pierres parlantes des cathédrales, car les Notre-Dame du Moyen Age ont été les réceptacles de réalités qui ne sont pas limitées par la condition humaine. « Tout ce qui est caché, tout ce qui se voit, dit Salomon, l'un des modèles des Maîtres d'Œuvre, je l'ai appris, car c'est l'ouvrière de toutes choses qui me l'a appris, la Sagesse. »

Le Maître d'Œuvre ne croit ni au « bon sauvage » ni à l'individu à jamais borné. Pour lui, ce sont des états d'être transitoires, accidentels, sans réalité profonde. Une seule solution : introduire l'être tronqué, instable, sans poids ni mesure, dans le chaudron des transmutations, dans la cathédrale.

Notre société fait une confusion d'une extrême gravité qui est l'une des causes principales des maux dont elle souffre. Elle confond le métier avec l'occupation. Trois fonctions pour l'homme de métier : travailler l'esprit, travailler l'homme, travailler la matière. Travailler l'esprit, c'est entrer de plain-pied dans l'univers du sacré, explorer le symbole, sentir l'intelligence humaine comme une « pâte » bien concrète, modelable, que l'on améliore une vie durant. Travailler l'homme, c'est recréer la noblesse de l'être intime, veiller sur la qualité des liens qui unissent les êtres. Travailler la matière, c'est être en contact direct avec la forme concrète de la divinité, prolonger l'Œuvre du Créateur, faire devenir ce qui n'était pas encore.

Avant de mourir, le dernier survivant de l'une des tribus indiennes d'Amérique du Nord avait prononcé ces mots, à l'adresse des Blancs : « Vous savez beaucoup de choses, mais beaucoup de choses vous trompent. »

Le savoir, en effet, n'est pas la Connaissance. Il peut devenir un moyen de nous étourdir, de nous tromper sur le but à atteindre. Ce vieil Indien, dans sa sagesse, n'estima pas que notre civilisation fût supérieure à la sienne. Ce qu'il admirait le plus, c'étaient les outils car ils constituent des valeurs immuables, des possibilités de bâtir et de créer. Il n'est pas inutile de signaler un curieux « hasard » de langage : « Indien » est aussi le nom donné à certains Compagnons bâtisseurs.

Des outils : voilà ce que nous offrent les cathédrales et leurs chapiteaux symboliques. Des outils pour recréer un art de vivre qui ne soit pas une pâle imitation, des outils pour dégrossir la pierre brute et la transformer, avec science et patience, en pierre qui parle, en pierre qui, un jour, s'épanouira jusqu'à devenir cathédrale.

TABLE DES MATIÈRES

2090

Achevé d'imprimer en Europe (France)
par Brodard et Taupin à La Flèche (Sarthe)
le 10 décembre 1998. 1640V
Dépôt légal déc. 1998. ISBN 2-290-02090-7
1er dépôt légal dans la collection : octobre 1986

Éditions J'ai lu
84, rue de Grenelle, 75007 Paris
Diffusion France et étranger : Flammarion